豚貴族は未来を切り開くようです
~二十年後の自分からの手紙で
完全に人生が詰むと知ったので、
必死にあがいてみようと思います~
2
しんこせい
イラスト riritto

「ネル、俺はお前を――愛している」
ヘルベルト

ネル

「はい、なんでしょう父上」
ティナ

2
豚貴族は
未来を切り開く
ようです
～二十年後の自分からの手紙で完全に人生が詰むと知ったので、
必死にあがいてみようと思います～
しんこせい イラスト riritto

CONTENTS

◇◇◇

The Piggy Aristocrat Seems to Be Carving Out a Future

プロローグ prologue

リンドナー王国を西へ進んだところには、大樹海と呼ばれる魔物の生息領域が広がっている。

王国も開拓に着手できていない、未踏地域である。

出てくる魔物が凶悪であるのもその理由の一つではあるのだが、王国が大樹海に手をつけていない一番の理由は、そこを抜けた先には人ならざる者達《たち》が多数暮らしているという部分にある。

王国は彼らを刺激して争いにならぬよう、大樹海を通して行われている小規模な交易を除き、長年不干渉を貫いていた。

人ならざる者とは、人に似てはいるが人ではない者達――つまりは亜人である。

亜人と言っても、その種類は多い。

有名なところを言えば獣の特徴を持つ獣人や、長い耳と寿命を持つエルフなどを挙げることができる。

エルフほどの長寿ではないものの人と比べれば長命であり、鍛冶に秀でた才を持つ者の多いドワーフもそうだ。

魔物の特徴を持つ魔人も、分類的には亜人とされる。

それ以外にも例えば魔物によく似た見た目をしているせいでかつて迫害されていた歴史のある緑

鬼種や鱗人《りんじん》種などの少数しかいない亜人達も存在している。

この大樹海を抜けた先には、魔人を除くあらゆる亜人達が暮らしている。

ちなみに魔人達もどこかで定住をしているはずなのだが、そこがどこなのかは長年判明していない。

大樹海の奥地には、亜人達の寄り合いが存在している。

獣人達が集落を築き上げており、エルフ達が家樹と呼ばれる樹《き》を加工して家を作って暮らし、ドワーフ達は鉱山を独占して気ままに武器や細工品を製作する。

それは国というほどの強固な集合体というわけではなかったが、有事の際には種族の垣根を越えて協力できるだけのまとまりがある。

かつて一度痛い目を見たことのある王国は、それほど規模の大きくない鉱山や、旨《うま》みのない土地を得るより、友好的に接することを選んだ。

人間と比べれば長い寿命を持つ亜人達は基本的に争いを好まず、王国の意思を酌み、良き隣人であろうとしてくれた。

そのため両陣営の仲は良好で、大樹海をむやみに切り開く行為は禁止されることとなった。大樹海は緩衝地帯であり、そこがなくなることを誰も望まなかったからだ。

色々と税制面での制限がかけられたことで、大樹海にやってくる冒険者達も今ではほとんどいない。

だがそのように誰の目も入らぬからこそ、大樹海には時折特殊な境遇の者達がやってくる。人の目の届かぬこの場所を、隠《かく》れ蓑《みの》とするために……。

そこは大樹海の奥深く。

中でも特に閉鎖的なことで知られている非常にリザードマンによく似た亜人である鱗人種という亜人種の暮らしている水辺の村……から少し離れたところに、ポツンと一軒の小屋が建てられている。

周囲に森が鬱蒼《うっそう》と茂っているせいで元々視認がしづらいところに、更に工夫を凝らしていた。

屋根の上や側面の壁に、保護色のように緑や茶の色の枝葉達を重ねることで、その小屋を完全に周囲に溶け込ませることに成功しているのだ。

明らかに人に見つからぬような位置にある、周囲に溶け込むための創意工夫がなされた小屋。

窓もないその家の中には、二人の人物が住んでいた。

「パリス……もう出かけるの？　まだ食料なら十分にあるけれど……」

「アイリーネ、そうも言ってられないよ。この大樹海には人の手は届かないとは言っても、決して絶対なんてものはない。いつどんな魔手が迫ることになるのかわからないんだから、いつだって用心はしておかなくちゃいけないんだ……」

まず一人目は、非常に見目麗しい女性だった。

目鼻立ちがすっきりとしていて、全ての造形が美しく、そして均等に配置されている。

栗毛《くりげ》とくりくりとした目から、小動物のリスを連想させるような見た目をした女性だ。

アイリーネと呼ばれていた彼女が見つめる先にいるのは、一人の男性だ。

「大丈夫だよアイリーネ、僕は強い。絶対に……絶対に帰ってくるから」

そう言い切り、強い決意を内に秘めているのは一人の男性だ。

年かさは三十前後だろうか。

全体的に線が細く、なよっとした印象を与える風体。

髪の色と瞳は共に青いが、目を引く部分はそこではない。

彼――パリスと呼ばれていた男性の額には……小さな二本角が生えていたのだ。

そして薄暗い光に照らされてわかりにくいが、その皮膚は彼の手を握るアイリーネと比べると、少しだけ紫がかっていた。

パリスは、魔人なのだ。

そして彼と心を通い合わせたパートナーであるアイリーネは、純粋な人間種だった。

魔人は常に、あらゆる者達の敵だった。

彼らは魔物の特徴である残虐さ、残酷さ、残忍さを併せ持った人間だ。

歴史的な災害や大規模な事件の裏には、いつも魔人の影がある。

その言葉も決して間違いとは言い切れないほど、彼らは歴史の陰で暗躍を続けてきている。

だが、何事にも例外がある。

好戦的で残忍と言われることの多い魔人の中にも、稀《まれ》ではあるが争いを好まぬ存在もいるのだ。

ここにいるパリスは、そんな数少ない例外だった。

彼は争いよりも植物や絵画などの、自分が美しいと感じたものを愛《め》でる、風変わりな魔人だ。

そしてパリスは自身が愛している美しい者の枠組みの中に入ったアイリーネに一目惚《ひとめぼ》れし、熱烈なアタックの末に交際をスタートさせた。

だが魔人というのは、魔人社会以外の全てにおいて迫害の対象とされている。

魔人との交際などは地域や宗教によっては姦通《かんつう》扱いとされることも多いため、二人の関係性は気軽に公言できるような類のものではなかった。

魔人からも人間からも迫害されてきた彼らは、今は大樹海の中で、ひっそりとつつましやかな生活を続けていた。

余人と関わることがなく、そのため対人関係で問題が起こりようのない空間は、二人にとっては正しく楽園だった。

二人とも、これが永遠に続くものでないことはわかっている。

それでも、いやだからこそ。

二人はここで共に暮らせる幸せを噛《か》み締めながら、充実した毎日を過ごしていた――。

アイリーネは元は行商人の娘であり、計算や読み書き以外の技能はほとんど持たぬ子だった。

彼女に戦闘技能などあるはずもなく、そのために大樹海で生きていけているのはそのほとんどがパリスの努力の賜物《たまもの》だった。

有事の際に戦うのは、パリスの仕事。

食料の確保をするのもパリスの仕事。

そしてうちで料理や裁縫をしたりといった家の内のことをするのが、アイリーネの仕事だ。

二人ともそれをなんら苦とも思っていなかった。

その事実から、これまで二人がどのような歴史を歩んできたのかを想像することは容易《たやす》いだろう。

(そう、今日という幸せが、いつまでも続くとは限らない。けれど、できることなら、少しでも、一日でも長く——)

瞬間、柔和そうなパリスの瞳がキッと鋭くなる。

彼は息を潜め、己の得物である青い双剣を構える。

アイリーネに笑いかけていた時とは違う、戦う男の顔をしていた。

「何者だ、出てこい」

「——ああ」

パリスが睨《にら》む先、ゴツゴツとした木のうろから人影が歩み出てくる。

そこにいたのは、一人の少年だった。

年かさは自分よりはるかに若く、年齢はまだ二十にも満たないだろう。

下手をしたら十代の半ば頃かもしれない。

金色の髪はさらさらと風に流れ、その碧眼《へきがん》は恐ろしいほどに澄んでいる。

筋肉質ながらも細身な体つきをしており、その所作からはどことなく風格がただよっていた。

一見すると育ちのいいおぼっちゃまにしか見えないが、決して油断はできない。

そんな人物がこの大樹海に単身やってきている、それが何よりの異常だからだ。

「目的はなんだ？」

「何、簡単な話だ。お前とその伴侶のことを、聞かせてほしいと思っ——」

少年に、最後まで言葉を言い切らせはしなかった。

ギィンッ！

刃と刃のぶつかり合う硬質な音が響く。

突進したパリスが放った、二本の剣を重ね合わせて放つクロス斬り。

それを少年が手に持った剣で受け止めた音だ。

「物騒だなっ——魔人パリス！」

「僕と、僕とアイリーネの……邪魔はさせないっ！」

「ちっ、話を——ええいっ、こうなったら、多少無理矢理にでも話を聞かせてもらうぞっ！」

どうしてこうなった——と、ヘルベルトは目の前の魔人を見ながら考えていた。

父であるマキシムからもらったミスリルの剣を構えているその姿は、以前とは完全に別物になっている。

ケビンを助けるために『混沌《こんとん》のフリューゲル』へ出向き、魔人との激闘を終えてから、早いもので二ヶ月ほどの時間が経過している。

とりあえず最初に乗り越えなければならなかった関門達をどうにかしてしのぐことのできたヘルベルトは、少しだけ余裕も出てきたため、本格的な肉体改造を行い始めた。

その二ヶ月間の成果が、今こうして一人の美丈夫として現れていた。

母親のヨハンナの特徴そのまま受け継いだ綺麗《きれい》なぱっちり二重は完全に戻っており。

ロデオにしごかれ続けたトレーニングの成果で、寸胴《ずんどう》のようだった肉体にはしっかりとしたメリハリが利いている。

横幅が大きすぎるせいで気付きにくかったが、元々ヘルベルトの上背はかなり高い。

今のヘルベルトは、十人が見れば十人がイケメンだと言うだろう。

さて、そんな風に変わったヘルベルトだが。

無論変わったのは、外見だけではない。

「ぐっ……どうして当たらないっ！」

彼の目の前にいるのは、パリスという人物だ。

肌の色は紫で、額には小さな角が生えていることからもわかるように、彼は魔人だ。

その強さは、ヘルベルトがマーロンと二人がかりでなんとか勝利した魔人イグノアよりもはるかに上だ。

しかし今のヘルベルトは、パリスの攻撃を完全に読み切っていた。

パリスの武器は、短剣以上長剣未満の二本の剣を片手でそれぞれ一本ずつ操る双剣というものだ。

相手取ったことは初めてだが、その剣の持つ術理は短剣術とそれほどの差はない。

ロデオに魔法による補助無しでも戦えるよう仕込まれたヘルベルトからすれば、時空魔法のアクセラレートに頼らずとも、問題なく相手取ることが可能だった。

――ヘルベルトの体重の変化は、彼の戦闘スタイルを一変させた。

彼が標準よりややがっちりした、筋肉質な肉体になったことで、その本来の速度もマーロンと同等、あるいはやや早い程度にまで向上している。

今の彼は、単なるパワーファイターではなくなっていた。

贅肉《ぜいにく》を落とし筋肉をつけたことで、本来持っていた俊敏さを取り戻すことができたのだ。

パリスの右の剣が、ヘルベルトの喉元を狙って放たれる。

ヘルベルトはそれにミスリル剣の切っ先を擦れさせることで、軌道を逸《そ》らす。

次にやってくるのは、左の振り下ろし。

攻撃を受け流しただけで体勢の崩れていないヘルベルトは、そこに自分の横薙《よこな》ぎを合わせた。

魔人は人間には持てぬだけの強力な身体能力を持つ。

けれどさすがに両手で攻撃を放つヘルベルトの方が、片手で軽い攻撃を連続させるパリスよりも一撃は重かった。

「ちいっ、まだまだっ！」

パリスはまだ余裕があったのか、更に剣閃《けんせん》の速度を上げる。

元々の力の差に武器による重量の差もあるため、本来ならここで相手を完全に防戦に回らせることができるのだろう。

――けれどヘルベルトは、ただの剣士ではない。

「アクセラレート！」

初級時空魔法アクセラレートは、魔力球の範囲内にあるヘルベルトの速度を三倍に早めてくれる。

豚貴族と呼ばれていた頃のヘルベルトでもマーロンを相手に有利に戦いを進めることができるようになったこの魔法。

それを今のヘルベルトが使えば――。

「ぐうううううっ!?」

手数に勝るはずの双剣使いを相手にして、速度で圧倒することが可能となる。

ヘルベルトの薙ぎが、突きが、時折織り交ぜられる打撃が。

あらゆる攻撃の速度が三倍となり、パリスを圧倒する。

防戦一方になるのは魔人パリスの方であり。

そして手数とスピードで勝負する分、双剣使いの装甲は薄いため、その身体《からだ》に傷が刻まれていく。

(これならアレは使わなくて問題なさそうだな)

ヘルベルトはロデオやマーロン達との鍛錬だけではなく、時空魔法の訓練も日夜続けている。

おかげで彼は既に、新たな時空魔法を二つほど習得していた。

けれどパリスを相手にする分には、アクセラレートと素の身体能力の掛け合わせだけでなんとかなりそうだった。

ちなみにヘルベルトは、未《いま》だにロデオを相手にして負け越している。

ヘルベルトはあり得ないスピードで強くなっているはずなのだが、わけのわからないことにロデオも今になって何故《なぜ》かどんどんと強くなっているために、なかなか勝つことができないでいるのだ。

「――はあっ、はあっ……」

身体と魔法を鍛え続けた今のヘルベルトにとって、本来なら強敵となるはずの魔人パリスは敵ではなかった。

彼の前で地面に膝と手をつくパリスは、憎々しげな顔でヘルベルトの方をにらんでいる。

ヘルベルトの方も、彼のことをにらみ返した。

そもそもの話、ヘルベルトはパリスと対話をしにきたのだ。

それがいきなり襲われたのだから、面白いはずもない。

「ふぅ……魔人パリス、今のやりとりで、俺とお前の力の差は理解しただろう」

「……ああ」

「その上で言うんだが……俺はお前を害するつもりはない。ただ話をしにきたんだ」

「……話？」

ようやく対話の態勢に入ってくれたパリスを見て、ヘルベルトの顔に笑みが戻る。

そしてここにやってきた本来の目的を果たすため、パリスにこう提案するのだった。

「パリス、この俺──ヘルベルト・フォン・ウンルーがお前をスカウトしにきた。その魔人の力を、俺のために使ってくれ。そうしてくれるのなら、俺はお前とアイリーネ、二人をこんな狭苦しい大樹海から連れ出して、広い世界を見せてやる──」

「ふぅ、これでようやく一息つける」

「お疲れ様です、ヘルベルト様」

「うむ」

ヘルベルトは恭しい手つきで手渡されたカップを受け取り、口に運ぶ。

食後の眠気を飛ばすためには、今回出されたのは薄めのハーブティーだった。

ソーサーを左手に持ち、右手に金で縁取りのされた真っ白なカップを持ち。

アンティーク調の椅子の上で足を組み、優雅に香りを楽しむその様子は正に貴公子そのもの。

音を立てずにハーブティーを口に運び、ほうっと息を吐《つ》く様子は非常に様になっていた。

ヘルベルトは目を瞑《つぶ》り、大樹海での冒険について思いを馳《は》せていた。

肉体改造と時空魔法の習得に一旦の目処《めど》がついたところで、ヘルベルトは一つの自分の懸念を払拭するために大樹海へ向かった。

その目的は、魔人パリスと交友関係を持つこと。

——より正確な言い方をするのなら、この世の中には悪い魔人だけではないという未来の自分の考えが本当に正しいのかどうかを、自分の目で確かめに行ったのだ。

（魔人は悪い者ばかりではない……こうして実際に目にしては、それを信じないわけにもいかないな）

ダイエットにも成功し、神童と言われていた頃の才気《さいき》煥発《かんぱつ》さを取り戻したヘルベルトは、魔人パリスを軽々と倒すことができた。

無論殺してしまうことが目的ではないため、そのあとにはしっかりと対話を重ねさせてもらっている。

パリスとアイリーネを見て。

手を繋《つな》ぎ、信頼の視線を交わし合う二人を見て、ヘルベルトは未来の自分が教えたかったことを理解した。

彼らは――魔人のパリスと純粋な人族であるアイリーネは、たしかに愛し合っていた。

人と魔人は、ヘルベルトが考えていたように憎しみ合うだけの関係では、決してなかった。

魔人の中には、心を通わせることができる者もいる。

更には、種族の垣根を越えて愛し合うことだってできるのだ。

（俺も所詮は、凝り固まった愚物と同じか。こうして実際に見てみなければ、魔人と話をしようなどとそもそも思わなかっただろう。そういうところまで見透かされているのは癪《しゃく》だが、未来の俺がそれだけ優秀な傑物になると思い、我慢するしかない）

色々と話をし、パートナーであるアイリーネとも話をしてみた結果、ヘルベルトは魔人パリスを自らの部下として引き入れることを決めた。

魔人を屋敷に出入りさせているとなれば、ウンルー公爵の名に傷がつく。

マキシムと魔人の間の密通が疑われれば、家名に傷がつくどころの騒ぎではない。

下手をすれば家を取り潰されてしまう可能性もある。

だがそのリスクを覚悟の上で、ヘルベルトはパリスを仲間にした。

人間側に立ってくれる魔人の存在は稀少《きしょう》だ。

魔人しか得られない情報を、彼をスパイにして手に入れる。

人とは根幹から違う、魔人の思考方法を教えてもらう。

そして今後魔人との交友関係が続くようになるのなら、ウンルー公爵家が両種族の間の架け橋として活躍することができる。

ザッとあげただけでもこれだけのメリットがある。

これらの材料を以《もっ》て、ヘルベルトはマキシムを説得することに成功した。

王都ではもしものことがあった時に怖いので、彼らはウンルー公爵の持つ領地に住むことになった。

パリスはヘルベルトが初めて自らスカウトした、言わば彼の私兵だ。

ヘルベルトには勝てなくともBランク程度の実力はあるため、戦力としても十分に頼りになってくれることだろう。

有事の際には呼び寄せて、共に戦ってもらう心算《つもり》だった。

魔人は魔物を飼い慣らすことのできる能力を持つため、パリスも恐らくは定住先にいるであろう騎乗のできる魔物――シーホースなどに乗って参戦することになるだろう。

魔人との対話という一つのターニングポイントを越えたヘルベルト。

けれど彼の顔色は、決して晴れやかではなかった。

その原因は、彼の机の上に載っている、一枚の紙を見ればわかる。

そこにはこのように記されていた。

『第四十五回、魔法学院体育祭『覇究祭』開催のお知らせ』

「一難去ってまた一難、か……」

魔法学院の体育祭は、言わばクラス対抗戦。

ヘルベルトは今まで自分のことをバカにしてきた、そして最近では避けるようになっているクラスメイト達《たち》と共に、クラスを勝利に導かなくてはならないのである――。

更に言えばこれは、ネルに自分のカッコいいところを見せる千載一遇のチャンスだった。

好きな子に自分の勇姿を見せたくないと思う男など、この世には一人もいない。

廃嫡の運命を乗り越えたヘルベルト。

しかし彼の前途は、まだまだ多難だった――。

ヘルベルトが豚貴族と呼ばれなくなってから、しばらくの時間が経過した。

それならば今、彼は周りからどのように呼ばれているか。

正解は――どうとも呼ばれていない、だ。

彼は今、リンドナー王立魔法学院で腫れ物のような扱いを受けている。

平民と決闘をした後には仲直りをしたらしい。

破棄寸前だったネルとの婚約関係も、どうやら解消されてはいないらしい。

なんでも父親からの廃嫡という話もなくなったようだ。

おまけに今ではイザベラ王女殿下とも交友を持っている。

おおむねこのような評価を受けているわけだが……本来ならウンルー公爵家次期当主として華々しい肩書きを持っているヘルベルトの周りには、未《いま》だ人は集まってこない。

これまでの悪行や素行の悪さによってついてきたレッテルは、そう簡単に払拭できるものではなかったのだ。

もちろん、どんどんと痩せていったり、真面目に授業を受けるようになっているヘルベルトに、興味を持つ者は多い。

けれど身分も高いし、下手に癇癪《かんしゃく》でも起こされたら怖いし……という感じで、皆はおっかなびっくりな様子で、ヘルベルトのことを遠巻きに見ているだけだった。

今まではヘルベルトの方もやらなければいけないことが沢山あったし、そもそも周囲の見る目というやつに心を配るだけの余裕もなかった。

けれど今回、ヘルベルトはまた一つ動き出すことにした。

リンドナー王立魔法学院の体育祭――通称『覇究祭』。

これをクラス一丸となって乗り越えるために。

『覇究祭』でクラス優勝しネルに己の勇姿を見せつけるため、ヘルベルトは勇気の一歩を踏み出した――。


ヘルベルトが所属しているクラスは、一年C組。

その顔ぶれを一言で言い表すのなら――地味、という表現が正しいだろう。

王女イザベラ、大貴族家の娘であるネル、各所からの覚えめでたいマーロンのような、才気に溢《あふ》れた存在の多数在籍するA組と比べると、どうしてもその面子《メンツ》的な華やかさは一等劣る。

現在一年C組は『覇究祭』に向けての作戦会議の真っ最中だった。

『覇究祭』は他国からの賓客もやってくるような、由緒正しく伝統のある体育祭だ。

まず『覇究祭』では学年ごとにいくつかあるクラスを三分割し、赤・青・黄の三つの組に分ける。

そして五つの競技によって加点し、組ごとの点数で競い合うのだ。

その五つの内容とは――。

遠距離から魔法攻撃を的目掛けて放つ『魔法射撃』。

魔法そのものの威力を競い合う『柱割り』。

純粋なトラックタイムを競う『早駆け』。

軍事訓練さながらの三人一組での長距離障害物競走『三騎駆け』。

体力と魔力の総合力を示すためにクラス代表が戦闘を行う『一騎打ち』。

この五つの総合点を争い対抗戦が行われることとなる。

そして最後には組の学年ごとの順位や個人MVPの選出が行われ、優秀な成績を収めた者は表彰を受け、その体育祭の主人公としてしばらくの間チヤホヤされることとなる。

「ええっと、それじゃあまず最初に一番配点の高い一騎打ちのメンバーから……」

学園祭である『覇星祭』と並ぶ一大イベントである、年に一度の体育祭。

だというのにC組の面子の顔には覇気がなかった。

彼らの顔色が明るくないのは、採点方法に原因がある。

『覇究祭』において、当たり前だがより高い成績を残すことができるのは高学年の者達だ。

またこの体育祭には他国の人間にリンドナーの魔法学院の質の高さを証明するという側面もあるために、基本的に加点は、
三年生＞二年生＞一年生
という形で優遇されている。

そのため一年生は、組の勝利に貢献することはできても、どうしても先輩達次第な部分が多く、

劇的な活躍ができる可能性はそれほど高くない。

通常であれば、学年別での優勝を目指しに行こうという話になるのだが……今回の場合はイレギュラーがある。

――明らかにレベルの違う生徒達が多数揃《そろ》った一年A組の存在だ。マーロンを始めとした成績優等な者達で固められた形のA組が学年優勝をかっさらっていくのだろう。

これは何もC組だけの話ではなく、隣のB組を始めとした全一年生の共通認識だった。

そのため既にC組は作戦会議の段階で、どこか消化試合な感が漂っている。

だがそんな空気に、一石を投じる男がいた。

「俺だ――このヘルベルト・フォン・ウンルーが『一騎打ち』に出る。マーロンを倒して、俺が学年一位をかっさらってやるとも」

ヘルベルトは傲岸な態度を崩さない。

誰もが彼の突然の言葉に戸惑いを隠せぬ中、ヘルベルトは立ち上がり、歩き出す。

そして壇上へ登ると、自分を見上げる者達を睥睨《へいげい》してから――思い切り、教壇に拳を叩《たた》きつける！

「お前達、何を腑抜《ふぬ》けた顔をしている。この大会で学年優勝するのは、A組じゃない。このヘルベルト・フォン・ウンルー率いる――一年C組だ！」

「ヘルベルト……」

「……あのヘルベルトが、どうして？」

「ヘルベルトだ」

壇上から見ているヘルベルトには、同級生達の困惑が手に取るようにわかった。

皆の反応は様々だが、基本的に彼らが抱いているのは『またヘルベルトが急に前に出てきたぞ……』という呆《あき》れだった。

ヘルベルトが未来の自分からの手紙を受け取って変わる前、彼はどんな時でも常に自分が一番前に立たなければ我慢ならない、わがままな子供だった。

そして彼が手紙を受け取ってからは、クラスの皆の印象を変えるよりも先にやらなければならないことが大量にあったために、そこらへんのことは後回しにしていた。

だが『覇究祭』でネルに自分のカッコいいところを見せつけると決めた以上、もうそんなことは言っていられない。

今のヘルベルトは、多少の困難があるだけで尻込みするか逃げてしまう昔の彼とは違う。

いくつもの苦難を乗り越えてきた彼には、どんな状況でも前を見るガッツと真《ま》っ直《す》ぐさがあった。

「たしかにこのクラスの面子の実力は、一年Ａ組と比べれば劣っているかもしれない。それは純然たる事実だ」

グッと、ヘルベルトの言葉を聞いて何人かが歯を食いしばるのがわかった。

彼の言う通り、Ａ組とＣ組が大きく水をあけられているのは事実だ。

だが何も、そこまで正直に言わなくてもいいではないか。

何やらここ最近著しくメキメキと力をつけているらしいが、元々はお前だってこちら側だったではないか。

そんな視線がヘルベルトに刺さる。

数自体は控えめだが、たしかにヘルベルトへ視線を向けている者が数名いた。

抵抗がそれほど強くはないのは、かつて豚貴族だとバカにしていた者達だ。

「だが何も、全ての点において劣っているわけではない！　ここにいる誰だって、自分が自信を持っている部分があるはずだ！」

ヘルベルトは臆しない。

周囲が自分へ向ける視線が厳しくなっても、自らの主張を曲げる気は毛頭なかった。

「ヘルベルト様」

「そうは言いますがねぇ……」

「さすがに無茶じゃあないでしょうか」

ヘルベルトの自信満々な言葉に、耳を傾ける者が数名現れるようになる。

それはかつてヘルベルトの取り巻きをしていた者達だ。

彼が変わってしまったせいで離れてしまった、取り巻きでもあり、悪友でもあった者達と言っていいかもしれない。

まだ若いというのに背の曲がっているリャンルに、かつてのヘルベルトのように非常に恰幅《かっぷく》のよいゴレラー、そしてニヒルな笑みを浮かべるアリラエ。

三人はなんとか貴族を名乗ることを許されているような、受験資格ギリギリの家格の出だった。

かつてはおこぼれに与《あずか》ろうとヘルベルトの後ろにひっついていた彼ら。

まず対話をもちかけてきたのは彼らだった。

これもまた、ヘルベルトが行う清算の一つ。

今を変えるため、ヘルベルトは過去と、過去に自分がしてきたことと向き合わなければならなかった。

「誰しもが変わろうと思って変われるほど、強くはないんですよ。それにもう『覇究祭』まで一ヶ月もないんです。今から努力をしたところで、A組なんかに勝てるわけ……」

「勝てる！」

「いったい何を根拠に……」

「俺を信じろ！　自分達を信じることができないというのなら、お前達を信じる、このヘルベルト・フォン・ウンルーを信じろ！」

ひどく自信満々で、自分が間違っているなどとはまったく思っていないような傲岸不遜な態度。

それは正しく、皆が今まで見てきたヘルベルトという人間のそれだった。

——だが、今までと違うものが一つある。

今皆を見据えるヘルベルトは、まったく彼らを見下してはいなかったのだ。

その態度はひどく新鮮だった。

ヘルベルトはクラスメイトの一人一人に、ゆっくりと視線を向けていく。

クラスの中が静まりかえり、皆が言葉を失っていた。

この場を支配しているのは、間違いなくヘルベルトだった。

「足が速いやつとかけっこをする必要はない！　魔法が得意なやつと魔法の飛距離を競う必要はない！　足が速いやつには魔法の飛距離で勝ち、魔法が得意なやつとはかけっこをして勝てばいい！」

そんなことができれば苦労をしない、と誰もが思った。

けれどそれを口に出すことはできなかった。

ヘルベルトの持つカリスマが、彼が全身から発する力強さが、彼ならばと思わせるのだ。

彼ならば本当に、一年C組を引っ張っていってくれるのではないか……と。

「アリスタ、お前は火魔法の才能だけならばA組のやつにも負けないだけの熟練度がある。お前は『柱割り』における要になるだろう。ウルスラ、お前の風魔法の発動速度は俺をも凌《しの》いでいる。『三騎駆け』であれば、その発動速度は何よりも心強い武器になる」

ヘルベルトが一人一人を見つめ、指さして名前を呼んでは一言を添えていく。

中には今後こちら側の才能が伸びるからと、訓練の具体的なアドバイスを受ける者もいた。

彼は既に、『覇究祭』における戦い方まで考えてきていたのだ。

それを知るにつれ驚くのは、またしてもクラスメイトの方だ。

ヘルベルトはここにいる全員の名前だけではなく、その得意な属性から他よりも秀でた部分まで、あらゆるものを覚えてきている。

それをするのに必要な努力。

そしてそこまでして頑張ろうとしているヘルベルトのひたむきさ。

皆が彼の言葉にしっかりと耳を傾けようと思うまでに、時間はかからなかった。

「俺はこのクラスであればA組に勝つことも不可能ではないと本気で考えている！　豚貴族だった俺が短期間でここまで変わったのだ！　それと比べれば『覇究祭』で学年優勝することの一つや二つ、難しいものではない！」

かつての自分すら例えに出しながら自信満々な口ぶりでスピーチをするヘルベルト。

彼の言葉を疑う者は、既にクラスの中にはいなかった。

クラスメイト達の様子を見て、ヘルベルトは腕を組みながら頷《うなず》く。

そして指導者に必要なわずかばかりの茶目っ気を利かせながら目を瞑る。

「俺は『覇究祭』でC組を優勝に導く！　そしてその暁には――ネルにプロポーズをするとここに誓おう！」

ヘルベルトの突然の宣言に沸くクラスメイト達。

自分達の大将であるヘルベルトの言葉に皆が改めて、優勝を誓ったのだった。

……ちなみにこの声があまりに大きすぎるあまり、Ａ組のとある女の子が筆を取り落として俯《うつむ》いてしまったことは、イザベラ王女以外には気付かれずに済んだのだった――。

ヘルベルトに対する皆の態度は、あの日彼が大立ち回りを演じてからがらりと変わった。

今までも人伝《ひとづて》に色々と話を聞いてはいたが、それまでの悪行のせいでどうにも信じ切れてはいなかったＣ組のクラスメイト達。

彼らはヘルベルトの言葉を聞いたことで、改心が心からのものだと知った。

そしてどこか諦めムードが漂っていたクラスの中の雰囲気は払拭され、皆が『覇究祭』のために休み時間や放課後の時間を利用して、自主的に魔法の練習に励むようにもなったのだ。

しかしそうやってやる気がみなぎっているクラスの中にも、どこかそのムードに溶け込めないような者達もいる。

Ｃ組における腐ったミカンは、リャンルにゴレラーにアリラエ。

つまるところ、かつてのヘルベルトの取り巻き達だった――。

「けっ、何が学年優勝だよ。皆してあんなに必死になって、バカみてぇだ」

ガッという叩きつけるような音は、石を蹴り上げるキックで出たものだった。

そこそこ高い上背を猫背で曲げている少年――リャンルが蹴った石がドッと音を立てて壁にぶつかる。

石をはじき返したのは、闘技場の側壁だ。

中からは、元気に声を出すクラスメイト達の声が聞こえている。

そのキャッキャッという明るい声にリャンルは目を細め、再度石を蹴り飛ばした。

二回目は壁に当たらず、無様に地面を転がるだけだった。

それがまた、リャンルの神経をささくれ立たせる。

「どうせ頑張ったって、A組には勝てないよ」

「そもそも勝ったからなんだっていうんだ。いくら『覇究祭』に他国のお偉いさんが来るからと言って、別にここで結果を残したから明るい未来が約束されるわけでもない」

ゴレラーは元々の気弱さから戦う前から全てを諦めてしまっており。

アリラエはやっても意味がないと『覇究祭』に向けた皆の努力の根本を否定する。

三人が三人、それぞれに思うところがあった。

故にわざわざ居残り練習をしたり、貴重な休み時間を削ってまで体力をつけようとはしていない。

現在闘技場は、昼休みという時間に限り、C組に開放されている。

ヘルベルトが上と掛け合い、それを認めさせたのだ。

それを不満に思う者はいても、声をあげてまで抗議する者はいなかった。

ウンルー公爵家の名は、それほどまでに大きいのだ。

——ちなみにそんな通常ではありえないようなことが許されたのはヘルベルトとマーロンが秘密裏に闘技場を使っていたことありきだったりするのだが、それを知る者の数は非常に少ない。

「どうして皆、あんなに必死になって、自分の時間を削ってまで何かをやろうとするのさ」

「そりゃあ、お前……ヘルベルト様のあれのせいだろ」

三人の脳裏に浮かぶのは、ヘルベルトがぶった演説のことだ。

皆の頭の中で、以前とは何もかもが変わっているヘルベルトが拳を握る姿が再生される。

『俺はこのクラスであればA組に勝つことも不可能ではないと本気で考えている！　豚貴族だった俺が短期間でここまで変わったのだ！　それと比べれば『覇究祭』で学年優勝することの一つや二つ、難しいものではない！』

ヘルベルトは、変わった。

以前のような傲慢さは貴族としての矜持《きょうじ》として昇華され。

醜かった体型は引き締まって立派な体軀《たいく》になり。

肉の付いていた顔がシュッとして、親譲りの甘いマスクを持つイケメンになった。

その変化をよく思う者がほとんどだ。

だが物事には、例外というものが存在する。

今回の場合、それは彼ら――かつて、まだ豚貴族だった頃のヘルベルトの周りにいた取り巻き達だ。

かつて三人が我が物顔で魔法学院を歩くことができていたのは、ヘルベルトという後ろ盾あってのことだった。

けれど今のヘルベルトは、リャンル達とつるんでいた頃とは変わった、変わってしまった。

そのせいで今のリャンル達は肩身の狭い思いを味わっている。

今のヘルベルトはプライドこそ高いものの誰とでも親しげに話し、時に笑わせ、クラスの中心人物になっている。

そして周囲にたくさんの人がいる彼は、もう出来損ないのリャンル達と一緒にいてはくれない。

未だ年若い三人は、行き場のない感情の吐き出し方を知らなかった。

だが下手に喚《わめ》き散らしたりすることも、プライドが邪魔をしてできない。

そのため練習をサボるという、消極的な方法でしか自分を示すことができずにいた。

彼らは周囲から、完全に見離されていた。

けれどもそんな三人を、それでも見離さない人間が、たった一人だけいる。

「おいお前達、こんなところで何をしている」

「――ヘルベルト、様……」

陰に隠れていたリャンル達の前に現れたのは――腕を組んで三人のことを見つめる、ヘルベルトだった。

リャンルを見つめるヘルベルトの視線は冷ややかだった。

思い返してみればそれは、ヘルベルトが以前から見せていた表情の一つだった。

いつだって人のことを見下して、自分が一番優れていると信じていて。

そして絶対に口に出しこそしなかったものの……いつだって、そのギャップに苦しんでいた。

ゴレラーやアリラエに、そういった細かい配慮はできない。

だから問題ばかり起こすヘルベルトの尻拭いをしていたのは、いつだってリャンルだった。

(それほど時間が経《た》ったわけでもないのに、なんだかずいぶんと昔のことのような気がする)

昔の記憶が思い起こされ、リャンルは少しだけ懐かしい気分になった。

「リャンル……お前達が練習にあまり身を入れていないことは知っている。腐ってばかりいて向上心が見られないと、不満が上がってきている」

「……」

「……」

「……」

三人とも、口を開かない。

ヘルベルトを睨《にら》んで、何も言わずに黙っている。

彼らは何も、ヘルベルトが指導者面をしていることが嫌なのではない。

むしろそうできるだけの能力がヘルベルトにはあるということを以前から知っていたから、それ自体は嬉《うれ》しいことなのだ。

なんせヘルベルトの能力をしっかりと認めて後をついていっていたのは、少し前までは彼ら三人だけだったのだから。

ではいったい、リャンル達はどこに不満を覚えているのか。

その答えは、普段は恥ずかしがってあまり饒舌《じょうぜつ》ではないゴレラーが口に出した。

「ヘルベルト様……どうして……どうして俺達を置いていって、どこかへ行っちゃうんですか」

――そう、彼らからすればヘルベルトの歩みが、あまりにも早すぎたのだ。

リャンル達だって、ヘルベルトに連れられて碌《ろく》でもないことをしていたのは事実だ。

もちろん内心で眉をひそめながらもヘルベルトに付き合っていたこともある。

そして非行を心から楽しんでいたことだって一度や二度ではない。

以前のヘルベルトは必死に考えないようにしていたが、リャンル達だって無論気付いていた。

こんなことばかりをしていてはダメだ。

このままではきっと、まともな人間にはなれなくなってしまうと。

けれど彼らには、きっかけがなかったのだ。

――ヘルベルトが未来の自分からの手紙を授かったあの時のような、己の全てを根幹から変えてしまうだけの劇的な何かが、彼らにはやってこなかったのである。

そしてその何かを手に入れたヘルベルトは、自身で進んでしまった。

すぐそばにまで迫ってきていた、己の身の破滅。

その運命に立ち向かうため、ヘルベルトは後ろを振り返ることもなく、今の自分にできる全速力で前へと走り続けた。

——その結果として、リャンル達はヘルベルトの後ろについていくこともできず、おいてけぼりになってしまった。

ヘルベルトは変わったのに、彼らだけは以前と何も変わらぬまま。

非行こそしなくなったもののまともに何かに打ち込むこともなく、怠惰な学園生活を送っている。

——それがよくないことだということはわかってはいるが、何かを変えることのできぬままに。

「俺は……いや、そうだ。俺はお前達を置いていった。やらなければならないことがあったからだ」

ヘルベルトは何一つ嘘《うそ》は言っていない。

彼は自身がヘルベルト・フォン・ウンルーとして生きていくために、必要なことをしていただけだ。

けれどそんな説明で、リャンル達が納得できるわけがない。

世の中を回しているのは人間達だ。

完璧な人間が存在しない以上、社会というものは正論だけでは回らない。

「すまなかった」

「「「——っ!?」」」

ヘルベルトがかつての取り巻き達に頭を下げる。

プライドが高かったかつての彼からすればありえない行動に、面食らうのは三人の方だった。

「非があるのは、お前達のことをあまりにも考えていなかった俺の方だ。今更許してくれと言うつもりはない。だが俺はできれば……お前達と一緒に、『覇究祭』で戦うことができればと思う」

「――ふざけるなっ！」

ヘルベルトの言葉に激昂《げきこう》したのは、リャンルだった。

彼はヘルベルトのことが大好きだった。

自分達と一緒にいてくれるヘルベルトにならどこまでもついていっていいと、本気で思っていたのだ。

だが、だからこそ――。

「行くぞ、ゴレラー、アリラエ」

「え」

「でも……」

「いいから！」

三人は頭を下げるヘルベルトに手を差し伸べることも、許すこともなく、闘技場を後にする。

後には、頭を下げたまま動かないヘルベルトだけが残された。

そして一ヶ月にも満たない時は光の速さで流れていき……『覇究祭』開始を告げる火魔法が、爆発音と煙を上げる――。

『覇究祭』当日、リンドナー王立魔法学院には沢山の貴賓が来場していた。

リンドナー王国の魔法教育の素晴らしさを伝えるため、そして未来を担うことになる若者達《たち》の勇姿を見せるため、この日だけは学院の門戸は所属する国や、貴族の爵位の高低に関係なく幅広く開かれる。

ただしもちろん、爵位によって貴賓席のエリアは明確に分けられている。

――ここでリンドナー王国の爵位について少し説明をしておこう。

爵位は上から順に公爵・侯爵・伯爵・子爵・男爵・騎士爵となっている。

要は公爵が一番偉く、騎士爵が貴族の中では一番下だ。

騎士爵は当代で武勲やなんらかの功績を立てた者が王から与えられるものであり、その爵位は一代限りで世襲ができない。

そのため家名を世襲する権利を持つ――つまりリンドナー王国へ子息を送ることのできる貴族は、最低でも男爵の家格を持たなければならないということになる。

だが男爵と公爵ではその影響力から持っている領地の広さまで、あまりにも差が大きい。

より爵位の高い貴族が低く、かつ自分の領地の周囲にいる貴族達の面倒を見る寄親・寄子制度も存在するため、物理的に顔を上げられないという事態に発展することも十分に考えられる。

そのための、爵位によるエリア分けなのだ。

『覇究祭』においては色の違いや組の違い、ではなく爵位によって応援席の場所が決められている。

競技が行われるのは闘技場であり、それが以下のように時計回りに四つに区切られている。

1　他国からの賓客・国王・公爵エリア
2　侯爵・伯爵エリア
3　子爵・男爵エリア
4　関係者席

闘技場を区切っただけでは向かいや隣にいる他の貴族達の顔が視界に入ってしまう……などと心配する必要はない。

この『覇究祭』はリンドナー王国が他国に自国の魔法技術を見せつけるために、惜しみなく魔道具や魔法が使われている。

そのため闘技場のステージや階段下に立っている生徒達しか視界には入らないようになっていたり、外にある貴賓室からでも闘技場の映像を見ることが可能になっている。

一応、各エリアの間での往《ゆ》き来《き》をすること自体は可能だ。

そして問題が起こらぬよう、各エリアをつなぐ場所には緩衝地帯が設置されており、仕切りなどで細かくパーテーションがされている。

これによりエリアが違う者同士でも顔を合わせることができるようになっているのだ。

「ローゼア、ほらこっちにいらっしゃい。そろそろ競技が始まるみたいよ」

「ちょ、母様、強引にっ……」

第一エリアと第二エリアをつなぐところにある仕切りで覆われた半個室。

その場所に、現ウンルー公爵であるマキシムとその妻ヨハンナの姿があった。

ヨハンナに腕を摑《つか》まれ、連れられてきているのは少し幼さの残る少年だ。

優しそうな目はヨハンナに似て、口許《くちもと》のあたりの厳格そうな感じは父であるマキシムに似ている。

そしてその見た目には、どこかダイエットに成功した現在のヘルベルトの面影がある。

身長は未《いま》だ伸び盛りで、着ている服は仕立てのよいひだの付いたシャツだ。

彼の名は、ローゼア・フォン・ウンルー。

その名前からわかるように、ウンルー家の次男である。

端整な顔をしかめていることからもわかるように、その胸中は複雑そうだった。

ローゼアのヘルベルトに対する気持ちを、一言で表現するのは難しい。

「母様、僕は……」

ウンルー家の人間は情に篤《あつ》く、そして基本的には頑張り屋だ。

ローゼアの持つ、ヘルベルトへの思いは、その時期によって二つに分かれている。

彼が幼年期だった頃の、自分が公爵を継ぐと信じて疑っていなかった頃の、華々しく輝かしいヘルベルト。

そして傲《おご》り高ぶり、婚約者からも父からも見離された、豚のように太ったヘルベルト。

ローゼアは前者のヘルベルトが大好きだった。

そして後者のヘルベルトが、憎くて憎くてたまらなかった。

ローゼアは美人で気立てのいいネルを放っておくヘルベルトが信じられなかった。

そして両親を悲しませても平気な顔でいるヘルベルトを見て、自分の兄は変わってしまったのだと理解した。

その時のローゼアは泣きじゃくり、自分が好きだった兄がもういないことを悟り、そして決意を固めたのだ。

――あんな豚に、ウンルー公爵家を継がせるわけにはいかない。

自分こそがウンルー公爵となり、領地を、そして領民を守るのだと。

父であるマキシムもヘルベルトを見切り、ローゼアの熱意に押される形で領主教育を叩《たた》き込むことにした。

そんな生活が数年続き、ヘルベルトがもうすぐ廃嫡されるというところで、事件は起こった。

ローゼアはマキシムに呼び出され、そしてこう言われたのだ。

「ヘルベルトの廃嫡は止《や》めることに決めた。無論お前に施した領主教育を無駄にするつもりはない。ローゼアには然《しか》るべきタイミングを見計らって、新たに家を興してもらうつもりだ」

そんなことを言われて、はいそうですかと受け入れられるはずがない。

自分がしてきた努力はいったいなんだったのか。

領民のためにと立ち上がった自分が、哀れな道化師みたいではないか。

かつてのヘルベルトが帰ってきた？

ヘルベルトにはとんでもない力がある？

——だからどうしたというのだ。

そんなにコロコロと事情を変えられては、自分の立つ瀬がないではないか。

この数年間愚直に頑張ってきた自分が……バカみたいではないか。

ローゼアは、マキシムの沙汰にまったく納得していなかった。

だからこそヘルベルトとまともに顔を合わせていないし、ヨハンナの再三の会食の申し出も全て断っていた。

けれど魔法学院の『覇究祭』には、来なくてはならなかった。

来年入学するローゼアに、今後の顔見せのためにも来ないという選択肢を採れるはずもなかったのだ。

そして現在は挨拶をつつがなく済ませ、堅苦しいエリアを抜け出して小休止を取っているところだった。

マキシムが仲の良い貴族達と個人的に話をしているうちに時間は経《た》ち、『覇究祭』が始まろうとしている。

「ローゼア、お前が言いたいことがあるのはわかっている」

「……父様」

「きっと私が何を言っても、通じはしないだろう。私は良き夫ではあるかもしれないが……父としては、どうにも未熟なようでな。二人も息子がいるというのに、どちらにも理想の父親でいてやることができなかった」

スッと、ヨハンナがマキシムの腕を取る。

二人は互いに軽く視線を合わせ、一瞬笑みを交わす。

そしてマキシムは、そのあとすぐにローゼアの方へ身体《からだ》を向ける。

彼の表情は、真剣そのものだった。

「だからできることなら、この『覇究祭』で見極めてやってほしい。ヘルベルト・フォン・ウンルーという一人の人間を」

「……はい」

到底、納得はできなかった。

だがローゼアは、頷《うなず》いた。

当主の決定に逆らうことはできないというのが、その一番の理由だ。

――けれど、心のどこかで、こう思ってもいた。

かつての兄が。

自分が絶対に敵《かな》わないと思い憧れた、あの兄が帰ってきたというのなら。

（それなら、僕は――僕、だって――）

ローゼアは歯を食いしばり、顔を上げる。

魔道具から、第一種目の開始五分前を告げるアナウンスが入る。

色々な人の思いと願いを乗せて、『覇究祭』が始まる――。


第一種目の競技名は『魔法射撃』という。

これは言葉の意味そのまま、魔法によって射撃を行う種目である。

狙う的は魔法学院教師達が打ち出す、土魔法によって生み出されたフリスビーだ。

事前に生成したフリスビーはいくつかの色に塗られている。

組の色である赤・青・黄を除いた緑や紫などの塗料を付けられたフリスビーは、それぞれ打ち抜かれた際の得点が異なる。

その色の違いは、フリスビーが動く速度に依《よ》っている。

例えばふよふよと宙に浮かぶだけの茶色いフリスビーを破壊した場合は一点が、教師陣のうち最も風魔法に精通しているシルフィ先生が全力で動かし続けている超高速の金色フリスビーを打ち抜けば五十点といった具合である（もちろんこの得点は競技内のものであり、全体に加算される得点は総合得点による最終順位に応じて出される仕組みだ）。

第一種目であり『覇究祭』というものにまずは関心を持たせようという意味合いから、この魔法射撃はエンタメ要素がかなり強めだ。

少しでも設定された特典について考えを巡らせることができる者であれば、金色のフリスビーを打ち抜きさえすれば他のフリスビーを一つも墜《お》とさずとも優勝できることがわかる。

そのため最初から金色一本狙いに絞り、他の色のフリスビーには目もくれない者もいれば。

壊せない的などハナから狙わず、地道に自分に取れる点数を取りに行く者もいる。

そんな人の個性ややり方などが出るこの『魔法射撃』は、『一騎打ち』に次ぐ二番目に人気の種目であり、組と学年に加算される得点も『一騎打ち』に続いて二番目に多い。

ちなみにこの競技で大事な役目を担うシルフィ先生は結構お茶目な人だ。

時折わざとあと少しで当たるというところまで金色フリスビーを動かさなかったりだとか。

そもそも誰も寄せ付けないような超高速で動かすことで、他の選手が壊すはずのフリスビーを自ら壊しに行ったりもする。

この競技の人気は、シルフィ先生のエンターテイメント精神に依るところもかなり大きいのである。

――だからこそヘルベルトは、己の力の使いどころをここに定めた。

通常、この『覇究祭』では同一選手が出られる種目は二つまでという制限がある。

そのため全種目で高得点をたたき出せる選手で固めてしまう、という手は使えない。

この縛りがある故に、基本的にほぼ全ての生徒がどれか一つの競技に参戦することになる。

ヘルベルトは自分のクラスが勝つために、最も配点の高い『魔法射撃』と『一騎打ち』の二つに出場する。

魔法射撃は予選と本選の二つに分かれている。

予選は大勢の生徒達によるわちゃわちゃとした混戦を。

そして本選に入ってからは一人ずつ、制限時間一分のうちにどれだけスコアを出すことができるかを競う仕組みだ。

ヘルベルトは予選を無事に突破し、本選に出場していた。

無論、彼は一位を取るつもりだった。

だからこそ一番の障害となる友にしてライバルであるあの男を探したのだが……。

(やはりいない、か……)

見れば本選の顔ぶれの中に、マーロンの姿はなかった。

もし出場しているのなら、予選で敗退するはずがない。

つまり彼は、この競技には出ていないのだ。

二番目に高得点が狙えるはずの『魔法射撃』に。

常に競い合ってきたマーロンがいないことに、寂しさを覚えないでもない。

張り合いがない、という表現が正確かもしれない。

（……まあいい、決着は『一騎打ち』でつければいいからな）

「それではヘルベルト・フォン・ウンルー選手の『魔法射撃』……スタートです！」

開始のアナウンスと同時、ヘルベルトは動き出す。

「フレイムランス！」

彼が打ち出すのは、最も得意な魔法である中級火魔法フレイムランス。

もちろん狙うは一点突破――シルフィ先生が操るあの金のフリスビーだ。

実はヘルベルトは、『覇究祭』出場にあたってある許可を父から取っていた。

それは――。

「ディレイ、アクセラレート！」

――時空魔法を、この大会で使用することだ。

ヘルベルトの時空魔法の技術は向上している。

今では二つの魔法を同時に使うことができるようになってもいるし、以前のように魔力球を作らずとも、時空魔法を発動させることが可能になっていた。

ヘルベルトは己の魔法にアクセラレートを、そしてフリスビーにディレイをかけた。

今こそ見せつけるのだ。

ヘルベルト・フォン・ウンルーこそが有史以来二人目の時空魔法の使い手であることを。

自分こそが、未来の賢者であることを。

国の内外に見せる……というのももちろんある。

だが彼が一番に見据えているのは――。

ドカッ！

加速されたフレイムランスと、減速されたフリスビー。

その追いかけっこはフレイムランスに軍配が上がり、今まで一度も割れたことのなかった金色のフリスビーが砕け、地面に落ちていく。

「「「う……うおおおおおおおおおっ!!」」」

沸き上がる観客達、鳴り止《や》まぬ歓声、そして呆《ほう》けた様子のシルフィ先生。

ヘルベルトが手を上げる。

人差し指が指しているのは天だった。

その姿は敵将を討ち取った騎士のようにさまになっている。

限界を迎えたかと思っていた歓声が更に大きくなる。

ピッと、ヘルベルトは腕を下ろす。

指し示す先には――ヘルベルトのことをジッと見つめている、ネルの姿があった。

（ネル、今日こそ、俺は――）

『魔法射撃』は金色のフリスビーを墜としたヘルベルトが総合優勝をかっさらった。

一年生が種目別とはいえ優勝するのは異例のこと。

このニュースにC組は沸き立ち、実力以上の力を発揮させてゆくのだった――。

『魔法射撃』が終わった時点での順位は、驚いたことに全学年を含めて一年C組がトップという結果となった。

全学年を通じた総合ポイントのトップをヘルベルトが獲得したこともたしかに大きい。

けれどいくら一人が優れていても、それだけでは勝てるほど甘くはないのが『覇究祭』だ。

C組をトップに押し上げたのは、ヘルベルト・フォン・ウンルーという存在そのものだった。

彼はシルフィ先生がこの学校に赴任してきて以来誰も壊すことのできなかった金のフリスビーを、この程度は造作もないとでも言いたげな様子で軽々と壊してみせた。

そしてヘルベルトはそれ以降も、魔法を使い次々と的を撃ち墜としていった。

その大きな背を見つめるC組の生徒達は、ヘルベルトが背中で自分達に語りかけていることがはっきりとわかった。

『俺はやってみせたぞ、貴様らはどうなのだ?』……と。

その背中を見て、発奮しない生徒はいなかった。

「俺だって！」

「私だって！」

次の種目が控えている生徒達が少々無理をし過ぎて倒れてしまうハプニングも起こったりしたが、皆が実力以上の力を発揮させることができた。

だからこその学院トップの成績である。

けれど繰り返すが、『覇究祭』は甘くない。

『覇究祭』第二種目は『柱割り』。

魔法の純粋な威力を競うこの競技においては、圧倒的なまでに才能が物を言う――。

『柱割り』の概要は単純明快である。

ルールはたった一つ。

距離も問わない、手段も問わない。

魔法を使って、三本の柱をいかにして倒せるか。

ただそれだけが唯一にして絶対のルールだ。

柱はペンデュラムロックという素材でできた石柱だ。

この石材は衝撃に比較的脆《もろ》く、衝撃を受ける度に表面が削れ、わずかに揺れる。

その様が振り子に似ていることから名付けられた、魔力を含有している石である。

硬度が高い分、複数回の威力の高い魔法をぶつけて倒すのが、『柱割り』の一般的な攻略法とされている。

最もポピュラーなのは、土魔法による石や砂の弾丸を使って削り倒すやり方だ。

競技はタイムアタック形式となっており、『魔法射撃』と同様に上の者からポイントが振り分けられる形となっている。

この種目で最も強い輝きを見せたのは、ヘルベルトがただ一人自らのライバルとして認めた男だった。

「――すうぅっ……」

一年A組の選抜メンバーである少年――マーロンはジッと目を瞑《つぶ》り、集中していた。

彼の近くには、その様子を見守るクラスメイト達が。

そして少し離れたところには、その様子を面白そうに見つめている他クラスの生徒達がいた。

無論その中には、腕を組みふんぞり返りながら、楽しそうな表情を浮かべているヘルベルトの姿もある。

「一年A組代表マーロン！　用意……始めっ！」

カッ！

競技が開始すると同時、マーロンは閉じていた瞳を見開いた。

その端整な顔を見て、ほぅとそこかしこから感嘆のため息が聞こえてくる。

だがマーロンはそんなことには欠片《かけら》も意識を向けず、己の持つ剣を指でなぞった。

すると切っ先に光が宿り、刀身へ、柄《つか》へと光が薄く伸びていく。

まるで夜空を照らす灯台のような明るさで、剣のまばゆい光が会場を照らしていた。

「コンヴィクトソード！」

マーロンが剣を横に薙《な》ぐ。

それに合わせて、刀身に宿った光が更に伸びていく。

まるでそれ自体が一つの刃となったかのような、鋭い白光。

稲光にも似た光が、柱を撫《な》でていく。

一つ、二つ、三つ。

光は柱に遮られることなく、するりと抜けていく。

マーロンは剣を振り抜き……そのまま鞘《さや》に収める。

そしてくるりと振り返り、訝《いぶか》しげな顔をしている大会運営委員の司会の方を向いた。

「終わりましたよ」

彼がそう言うのと同時、柱が光が通った場所を境にして左右にズレていく。

まるで今になってようやく自分が斬られたことを理解したかのように、三柱はそのまま大きな地響きを立てながら真っ二つになっていった。

「マーロンの記録――3秒03！」

マーロンはふぅと小さく息を吐く。

そしてきょろきょろと周囲を見渡してから、持っていた剣をピッととある選手へと向けた。

切っ先を向けられた少年――ヘルベルトは、獰猛《どうもう》な笑みを浮かべる。
『俺もいるぞ』というマーロンのパフォーマンスに、ヘルベルトはこの大会が一筋縄ではいかないことを改めて理解するのだった――。

『柱割り』で優勝をしたのは、未だ一年生であるマーロンだった。

これで『魔法射撃』で一位を飾ったヘルベルトに続いて、連続して二つの種目のトップに一年生が立ったことになる。

さすがにこうなってくると、今年の一年生達は何かが違うぞという風に会場の空気も変わってくる。

そしてその恩恵を最も受けることになったのは、ヘルベルトとマーロンに引っ張られる形になったA組とC組だ。

今年は自分達こそが学年一位を取ってみせると意気込みばっちりなC組は歯を食いしばって全力を超える力を振り絞り。

マーロンを始めとするトップ層が多数在籍しており、このリンドナー王国の王女たるイザベラが所属しているA組は、負けるわけにはいかないと本来の実力を発揮できるようになり始めた。

下剋上《げこくじょう》を狙うダークホースとそれをなんとしてでも阻止しようとする二つの組に釣られ、本来なら消化試合の感があるはずの他クラスの者達のボルテージも上がってくる。

『魔法射撃』が終わった時点ではヘルベルトの総合一位のおかげもありダントツでトップだったC組も、『柱割り』が終わった頃にはA組にわずかに勝るという状態だった。

マーロンが一位を取ったことで良い意味で肩の荷が下り、本来の力を発揮できるようになったA組にC組を始めとする他クラスがどこまで張り合うことができるのか。

親族達がハラハラとしながら観戦する中、第三種目の『早駆け』が始まる――。

「見たかよ、ヘルベルトの魔法！　シルフィ先生の動かすフリスビーを一瞬で割っちまうだなんて、俺らの大将はとんでもないぜ」

(気に入らない)

「よし、俺達もヘルベルトに続いて、なんとしてでもA組に勝ち越して――」

(まったくもって気に入らない)

「ヘルベルトには、なんとしてでもネルさんに思いを告げてもらわないと。私達も頑張らなくっちゃ！」

(ヘルベルトがとんでもない、ヘルベルトに続く。ヘルベルトのために頑張る……)

『早駆け』はこの『覇究祭』においてほとんど唯一と言っていい、魔法を使わない競技だ。

そのためこの競技は簡単に言えば、複数の競技でそれほど活躍が見込まれない者達……あまり能力がパッとしない者達をとりあえず出しておくための、数合わせのような形で使われることが多かった。

無論、中には『早駆け』こそが最も活躍できる場だとして送り出されている者達もいる。

将来的に騎士になるために入学をしている、既にゴリゴリに身体を鍛えている未来の騎士候補生達。

魔法だけではなく肉体的・精神的な成熟を求められる彼らは『早駆け』において圧倒的な力を発揮する。

更に言えば彼らは大抵の場合ガタイがいいので、身も蓋もない言い方をすればものすごく画面映えする。

今も列に並び自分の番を待つリャンルの目の前を、暑苦しく周囲に汗を飛び散らせている男達が通っていった。

「――ハッ！」

リャンルはその様子――必死になって食い下がっているC組のクラスメイト達の様子を見て、鼻で笑う。

それを見て露骨に顔をしかめる者もいたが、リャンルはそんな者達のことはまったく歯牙にもかけはしなかった。

そういう視線には慣れている。

いやむしろ少し前までは、そういう視線だけを感じて日々の生活を送っていた……。

生活に刺激が足りない。

リャンルがそう思うようになったのは、やはりヘルベルトが急に改心をしてからだった。

自分達には何も言わず、勝手に前に前に進んでしまう自分勝手な男。

以前はそんなところもカッコいいと本気で思っていた。

けれど自分達を引っ張るのではなくただ置き去りにしたその態度に、リャンルはとうとう愛想を尽かしたのだ。

それは僻《ひが》みなのかもしれない。

自分達と同じく日陰者だったはずのヘルベルトが、皆からちやほやされて、リーダーとして振舞っていること。

その輪の中に、ヘルベルトの近くに、自分の姿がないこと。

気に入らなかった。

何もかもが鬱陶しくて、遠ざけたくて遠ざけたくてたまらなかった。

「次の選手、前へ!」

アナウンスに従い、リャンルは前に出る。

元々細身の彼は、足はまったく速くない。

短距離走のタイムも、クラスの中で後ろから数えた方が圧倒的に早い。

パンという火魔法の音を合図にして、競技が始まる。

（馬鹿馬鹿しい……たかが体育祭一つに、何をマジになってるんだか）

リャンルは本気を出さなかった。

本気を出したって一番にはなれないことを知っているから。

必死になって汗を流してもビリになるのに、どうして本気になる必要があるというのだろう。

全力を出しただけですぐに結果が出せる人間なんて、全体から見ればごくごく一部しかいない、一握りの天才だけだ。

リャンルは自分が凡才であることを知っていた。

だから彼は凡才として、近くに居てくれる天才を支えるために生きていこうと決めていた。

決めていたが……今はもう、どうでもよくなってしまった。

リャンルはビリになった。

同じくゴレラーとアリラエもビリだった。

けれど他のクラスメイト達の奮戦もあり、学年ごとの点数はA組に追い越されはしたものの、その差は大きくは拡《ひろ》がらなかった。

『早駆け』が終わった段階で、ちょうどお昼になった。

そして一時間の昼休憩の後に、後半戦が始まる。

昼に空いた一時間の休息を、いったいどのように使うのか。

どんな影響をもたらすのか、どんな風に互いに影響され合うのか。

それぞれの思いはうねり合い、混ざり合いながら、『覇究祭』は進んでいく――。

「思っていたより引き離せてないな……」

父母の参観が許されている『覇究祭』では昼食を家族と摂《と》る者も多かったが、マーロンはクラスに用意されているスペースで軽食を摂《と》っていた。

はむはむとレタスとハムを挟んだパンを口に入れている彼の隣では、イザベラが同じパンを食べている。そして二人の周囲には、彼らと同じものを食べているクラスメイト達の姿があった。

皆が食べているのは、A組の団結を高めようということでイザベラが用意した軽食だ。

内容自体はただの具を挟んだパンなのだが、その使っている素材も王族基準の最高峰のものであり、それを用意したのは王室御用達《ごようたし》の料理人だった。

マーロンなどは美味《うま》いパンだとバクバク遠慮なく食べているが、実は一つが金貨数枚を超えるような超がつくほどの高級料理だったりする。

皆が王女からの差し入れに歓喜しており、『覇究祭』も半分を過ぎたところだというのに未だ士気は衰えを見せてない。

腕を高く振り上げながら、意気軒昂《けんこう》な様子だった。

学年優勝するのは俺達だと、あちこちから息巻いている男女の声が聞こえてくる。

しかしそんな中にあっても、熱に浮かされず真面目な顔をしている者達もいる。

「そうは言っても当初狙っていた学年一位の座には就いている。そこまで憂慮するようなことはないと思うが？」

「いや、そういうわけにもいかない。最後の『一騎打ち』までには、一位の座を揺るぎなくできるくらいにC組を引き離しておきたい」

マーロンとイザベラは、ジッと得点表を見つめていた。

現状一年生の得点はA組が一位、それをわずかに下回るC組が二位。そこから大分点差が開いたところに他のクラスがいる。

このまま順当にいけば、優勝争いをするのはA組とC組になるだろう。

そして番狂わせが起きないだけの実力がこの二クラスにはあるということを、二人は知っていた。

「にしてもこれ、美味いな」

「そ、そうか……？」

だが根を詰めてばかりいては疲れてしまう。

マーロンは食事の方に意識を向け、しっかりと味わい始める。

「それならこれも食べてみてくれ」

「これは……？」

イザベラが出したのは、今まで食べてきたものと比べれば若干不揃《ふぞろ》いになっているパンだ。

レタスがパンからはみ出し、ハムの方は逆にずいぶんと小さい。

はむり、とマーロンは言われたままにパンを食べる。

素材は最高級品であり、そもそも具材を挟むだけだから創作の余地はない。

「美味《おい》しいか……？」

「え？　うん、普通に美味しいけど……？」

パクパクとマーロンがパンを食べ終えると、ホッと息を吐くイザベラ。

マーロンがその意味に思いを巡らせるよりも早く、スッと一つの影が飛び出す。

そこにいたのは、マーロンの幼なじみであり彼と同じく特待生枠で入学したヘレネだった。

「こ、こっちも食べてほしいな？」

「うん、いいけど」

日々あり得ない量の鍛錬をこなしているマーロンは、細身ながらもその身体にみっちりと筋肉が詰まっている。

エネルギー消費も多く、そこに育ち盛りという要素も手伝って、マーロンはヘレネに差し出されたパンも軽く食べきってしまった。

「むむむ……」

「ほう……」

バチバチと交わされる、稲妻のように鋭い視線。

ヘレネとイザベラの間で繰り広げられているらしい見えない争いからはそっと目を背けながら、マーロンは少し離れた広場の一角へ目を向ける。

（どうやらお金を持っている立場ある人間というのは、考えというのも似てくるらしい）

内心で苦笑しながら見つめるその視線の先では、ヘルベルト率いるＣ組が食事を摂っていた。

そして彼らが食べているのは分厚いローストビーフを挟んだパンだ。

――明らかに『覇究祭』という場には似つかわしくないように見える、シェフがヘルベルトの隣に立っている。そしてそのすぐ側《そば》には、ドカンと居座る肉塊。

シェフが肉をスッと切り分けパンに挟めば、ヘルベルトがそれを手に取り、クラスメイトに渡しながら何やら一言を添えている。

ヘルベルトのそのパフォーマンスに彼らしいとひとしきり笑ってから、マーロンはふと気付いた。

（あれ、そういえば……ネルはどこにいるんだろう？）


マーロンが探していた当のネルは、貴賓席にて親と共に食事を摂っていた。

上級貴族としてはむしろ当然のことだ。

自家の料理人を雇って料理を振る舞わせているヘルベルトやイザベラが異常なだけである。

ネルは父であるフェルディナント侯爵とその妻、つまりは自分の両親と共に食事を摂っていた。

本来なら花のような笑みを浮かべるネルの表情は、いつにも増して冷たかった。

エリアは細かく分けられているため、不意に訪問客がやってくることはない。

ネルのその態度の硬直化は、間違いなくヘルベルトが理由だろう。

(なんなんですか、もうっ！　人の気持ちも考えないで！)

ネルは彼女にしては珍しく、ぷりぷりと怒っていた。

それはもう激烈に怒っていた。

ヘルベルトは以前から公言していた。

もし彼が率いるC組が学年優勝をしたら、その時にネルに改めて告白をすると。

そしてヘルベルトは今日の試合でも、ネルにピッとその指先を向けていた。

もちろん、それが士気を挙げるためのパフォーマンスであることはわかっている。

けれど何もそのために、自分をだしにするような真似《まね》をする必要はないのではないか。

そんな公開プロポーズなど、絶対に受けたくはない。

そういうのはもっと、時とタイミングとムードというものをしっかりと大事にした上で……とそこまで考えて、ネルは自分の思考がどこに行き着こうとしていたのかに思い至り赤面する。

(ち、違います、私は、そんなっ、ヘルベルトのことなんてっ！)

ぶんぶんと顔と手を振りながら違う違うと誰も何も言っていないのに否定を続けるネル。

その奇行を見ても、侯爵夫妻は変わらずにこやかだった。

彼らはネルが一見すると冷たそうに見えて優しいことも、彼女が年齢のわりに想像たくましい子であることも知っているのだ。

そしてネルがいったい何について……というか誰について思いを巡らせているのかなど、あの『魔法射撃』を見れば一目瞭然だった。

「我が領の将来は安泰だな、アーニャ」

「そうですね、グランツ」

「ど、どうしてそういう風になるんですか!?」

「どうしてって……なぁ?」

「そんな風に言われても……ねぇ?」

全てを知ったような顔をしている両親を見てから、ネルは反論するのを止めた。

二人が自分をからかおうとしていることなど、火を見るよりも明らかだったからだ。

ネルの思考はすぐにヘルベルトの方に向き直る。

ヘルベルトのことは、以前ほど嫌いではなくなっていた。

それは何も、彼の見た目がかつての面影のある高身長イケメンになったからではない。

見た目は行動の結果変わったものであって、その根元の部分の方が、ネルからすればずっと大切だった。

ネルがヘルベルトのことを改めて認め直したのは、彼が以前の彼に戻ったからだ。

ひたむきで、前を向いて、自信過剰で、そして最後には……言っていたことを実現してしまう、あの頃に。

ネルは時折、ヘルベルトの訓練をのぞき見ることがある。

最近はヘルベルト通となりつつあるネルは、そろそろ彼がロデオ相手にも、一本取れそうな頃合いだと思っている。

以前言っていた、ロデオに勝つという目的も、そう遠くないうちに達成できそうだと思っていた。

――そう、ヘルベルトは自分がこうと思ったことを、本当に達成してしまうのだ。

そういう人だから、ネルは彼の側にいたいと思ったのだから。

（であれば、この『覇究祭』で――）

いったいヘルベルトは、そして自分は、どうなるのだろう。

疑問には思うが、不安は感じていなかった。

その心の動きに理由をつけるのはよしておいた。

きっとそれをすれば、すぐに答えが出てしまうから。

女の子からすれば、何事も時と場合と雰囲気が大切なのだ。

空を仰ぐと、雲一つない晴天が広がっている。

二人の未来を指し示すかのように、空に輝く太陽は、明るく眩《まぶ》しかった――。

太陽の光は、全ての人達に平等に降り注がれている。

それを自らの明るい未来と重ねる者は、優しく暖かい陽光に身を委ねることを臆しないだろう。

けれど、そうでない者だっている。

日陰を好む者や明るい光を拒む者は、太陽という灯《あか》りを拒む。

誰しもが、照らされたいわけでも、照らされて明るくなった世界を見たいわけでもないのだ――。

「……」

貴賓席に、仏頂面をした一人の少年がいた。

ローゼア・フォン・ウンルー……ヘルベルトの弟にして、ウンルー公爵家を継ぐべく領主教育を受けていた、ウンルー家の次男坊だ。

彼はつまらなそうな顔をして、ぷくっと頬を膨らませている。

年齢相応の表情は拗《す》ねているように見えるが、その端整な顔立ちを歪《ゆが》ませているローゼアの内心は複雑だった。

――今、周囲の貴賓席の者達の関心はほとんど二人に向けられていた。

まるで風魔法で生み出した暴風のように周囲の興味を引き寄せるのは、特待生として魔法学院に入ったマーロンと、ローゼアの兄であるヘルベルトだ。

ヘルベルトが使ったあの魔法――あれは一般的な四属性魔法ではなかった。

つまりは系統外魔法——あれは数十年に一度使い手が現れれば珍しいとまで言われるほどに貴重で、そして使い手の替えの利かないモノ。

マーロンが使ったものも同様だ。

少なくともどの属性の上級魔法の中にも、あのように光の刃で対象を一刀両断にする魔法などというものは存在しない。

系統外魔法の使い手は良きにつけ悪《あ》しきにつけ、この世界に名を残すと言われている。

そんな世にも珍しい魔法を使う者が、魔法学院に二人も現れた。

それが話題の種にならないはずがない。

距離の開いたところから聞こえてくる声も、少し歩いてトイレへ向かった時に耳に入った声も、皆がヘルベルトのことを口々に話題に挙げていた。

そのことに、ローゼアの内心は複雑だった。

なぜ今になってそれを皆に見せるのか、なぜ今の今まで隠していたのか。

それほどの力を持っていながら、系統外魔法の使い手として生を享《う》けておきながら、なぜヘルベルトは道を踏み外したのか。

そのために自分が払った犠牲は。

そのために家族が支払わされることになったいくつものツケは。

いくつもの疑問が、ヘルベルトに対して否定的な疑問が頭に浮かび、それが頬にたまってローゼアの頬はどんどんと膨らんでいた。

だがその中にわずかに一つだけ。

やっぱり兄さんはすごいと思っている自分もいた。

だからローゼアの内心は複雑だ。

それを上手《うま》く外に出力する手段を持たない彼は、またしてもぷくっと頬を膨らませる。

そんなローゼアを見て、マキシム達は笑うのだった――。

クラスごとに、生徒全員が座れるだけの座席は用意されている。

けれどヘルベルトの元取り巻き三人衆はクラスメイト達が集まっている割り当てられたスペースではなく、そこから離れたところにある木陰に座り、もそもそと昼食を頬張っていた。

「皆……ヘルベルト様のことばっかり話してるね」

「マーロンのことを話してるやつもいるけど……ヘルベルト様の方が多いよな」

ゴレラーとアリラエがそう言って嬉《うれ》しそうな顔をする。

その胸中は複雑とは言え、二人とも自分達にとっての親分だったヘルベルトが褒められていれば悪い気はしないのだ。

なのでつまらなそうな顔をしているのは、リャンルただ一人だった。

ちなみに三人とも、ヘルベルトが用意した昼食は食べてはおらず、口にしているのは各々が持参した携行食だ。

中でも人一倍食べる大柄なゴレラーは、どこか物足りげな表情を浮かべている。

リャンルは『覇究祭』が始まってからというもの、ずっと鬱屈とした感情を抱えていた。

そのはけ口をいったいどこに求めればいいのか。

彼は未だに、その答えを出せないでいる。

現状がよくないということは、彼だってわかっている。

一体感を持って皆が競技に挑んでいる中、自分達だけがその輪から外れている。

せっかく盛り上がったクラスの空気を壊してしまうのは、あまりにも……カッコ悪い。

未だにわだかまりが胸の中にあるのは事実。

けれどせっかくのお祭りの場で、過去の因果に囚《とら》われて皆を冷めさせてしまうことは避けたい。

それなら——自分達も、競技を一生懸命にやるしかない。

リャンルはそうやって、自分の心の動きに一応の説明だけつけて、うんと頷く。

そして自分を見つめるゴレラーとアリラエを見て、

「次の『三騎駆け』……一位を狙うぞ」

「——っ！　ああ！」

「でもこれはあいつのためじゃない。魔法学院生として、貴賓達に無様な姿を見せるわけにはいかないからやるんだ」

「ああ、わかってるさ」

三人は立ち上がり、歩き出す。

「ね、ねぇリャンル」

「なんだよ」

「あの配ってるパン……もらいに行ってもいいかな？」

ゴレラーのお腹《なか》がぐぅと鳴った。

リャンルから苦笑がこぼれる。

「仕方ない奴《やつ》だな……もらってこいよ。せっかくタダで良いものが食べられるんだ、俺とアリラエの分も取ってきてくれ」

「うん――うんっ！」

ゴレラーは急いでＣ組のスペースへと駆けだしていく。

その後ろ姿を見るリャンルの顔は、以前よりずっと晴れやかだった――。


リャンル達が自分達の出るタイミングを確認すると、彼らの出番は『三騎駆け』の中でもかなり後半よりだった。

全力が出せるよう競技のために身体をほぐして、準備体操と柔軟運動を進めていく。

その間にも、『三騎駆け』自体は進んでいく。

種目に参加するクラスメイト達は、三人一組の団子になりながら進んでいくのが、リャンル達の目に入った。

「結構距離、長そうだね……」

「そりゃあ大昔に軍事行軍の練習のために作られた競技って話だ。途中で脱落者が出ていないだけ、まだ良心的なんじゃないかな」

『三騎駆け』という競技は、平たく言えば長距離障害物競走である。

元は時速十キロを超えて走り続ける有事の際の最速進軍をしても身体が壊れてしまわぬよう、思春期から肉体を鍛えるために作られた軍事行軍の予行演習だった。

けれど戦乱の気配が世から去り、世界が平和になっていき、人々に余裕が生まれてくるにつれて『三騎駆け』は変わっていった。

ただ走るだけの競技はあまりにも味気ないものだと思われるようになっていったため、ただの行軍に間に障害を挟むことで危機感を演出するようになった。

そして直接的なものでなければ相手への妨害も許されるようになったことで、最終的には危害を与えなければなんでもありのエンタメ長距離障害物競走へと変わっていった。

『三騎駆け』だけは闘技場外に設営された、特設会場によって行われるという気合いの入れっぷりからもそれは窺《うかが》える。

まったく、参加する側からすればたまったものではない。

タイム重視ではなくなったが、トータルで見れば前よりも過酷になっていると評する者もいるほどにこの競技はハードなのだ。

「……」

ゴレラーとアリラエが話している間、リャンルは黙ってスコアボードを見つめていた。

スコアが更新されるのは、競技が終わってからだ。

けれど一回一回の順位を計算していけば、点数におおよその見当はつけることができる。

（劣勢だな……）

皆が競技を必死になって応援している間も、リャンルは一人ジッとスコアボードと競技の行く末に目を遣《や》り、意識を集中させていた。

そして出た結論が、これだ。

A組と比べれば、C組は明らかに劣勢だった。

三種目目の『早駆け』の時と比べても、点差は更に広がり始めている。

競技がこのまま運んでいけば、もしかすると……ヘルベルトが『一騎打ち』で優勝を果たしたとしても、学年優勝はできなくなってしまうのではないか。

そう考えてしまうほどに『三騎駆け』での成績が芳しくないのだ。

C組の面々はたしかに皆、必死になって頑張っている。

実際自分が出せる力の１００％、いや１２０％を振り絞っているのだろう。

競技をしている彼らの表情の真剣さを見ればそれはわかる。

けれどリャンルからすれば、まだまだだった。

（足りない……）

リャンルには、一体何が足りていないのかがしっかりとわかるだけの頭があった。

皆に足りていないもの。

そして自分に足りていないもの。

どちらもわかっているが故に、リャンルの表情は複雑だ。

『リャンル――』

さっき聞こえた声が、脳内をリフレインする。

それを努めて頭から追い出しながら、ぐっぐっと屈伸をして筋を伸ばす。

そして彼は目の前で雑談をしている二人に向けて、こう切り出した。

「おい、ゴレラー、アリラエ……耳を貸せ」

身体を動かしていくうちに雑念は消えていき、気付けばリャンル達が出場する試合が始まろうかというタイミングになっていた。

一線で横並び、白線を越えればフライングでやり直しだ。

二人三脚のように、足を紐《ひも》で繋《つな》いだりはしない。

ただ歩幅二歩分以上離れることは禁止されており、各場所に配置されているレフェリーに見咎《みとが》められた場合は失格になってしまう。

魔道具による監視網も存在するため、ズルをするのは実質的には不可能だ。

「それでは『三騎駆け』第五試合を行います――」

アナウンスの声に従い、選手達がグッと前傾姿勢を取った。

「用意――始めっ！」

そして一斉にスタート……したのだが。

「おおっとこれはぁっ!?」

放たれたのは、泥水。

噴水のように勢いよくバシャバシャと放たれたそれが、地面と選手達に襲いかかる。

そしてあらかじめ行く道を確保していた選手達――魔法を放ったリャンル達だけが、悠々と駆け出し始めた。

リャンル達が開始早々仕掛けた第五試合が、波乱を含みながらも始まった――。


勝ちたいと口にするのは簡単だ。

勝つために努力をするというのも、まあどちらかと言えば簡単な部類だろう。

だが実際に勝てる人間というのは少ない。

それは何故《なぜ》か？

簡単だ――皆、勝ち方にこだわるからだ。

自分の中で譲れないものがあると思い込み、その様式に従って勝つことこそが至高と考え、そして勝てなかった時の言い訳にする。

そもそも根本からして違うのだ。

勝つために必要なものはきれいごとではない。

必要なのは――泥臭さだ。

勝利のために手段を選ばない、意地汚さだ。

実力で勝てないのなら、小技を使って勝てばいい。

地力で勝てないのなら、無理矢理自分の土俵に相手を乗せて戦えばいい。

卑怯者《ひきょうもの》だという誹《そし》りも、そこまでして勝ちたいのかという嘲りも受け入れ、貪欲に勝利を掴み取ろうとする姿勢。

勝利の女神はいつだって――死力を尽くした者にだけ微笑《ほほえ》む。

「リャンル選手率いるC組が、一気に先頭に躍り出ました！」

リャンル達が考えた作戦はシンプルだった。

彼らは開始同時に妨害を仕掛けることにしたのである。

まずはリャンルが他の選手達の視界を覆うように水を生成して飛ばし。

それにアリラエが土を混ぜることで泥水を作り出す。

そしてゴレラーが自分達が進む進路以外の足下を濡《ぬ》らすことでぬかるみを作り、他の選手達を妨害する。

試合が開始するのと同時に仕掛けるグループは、まだ一組もいなかった。

誰もがまず最初に走り出し、競り合うグループと魔法を使って妨害合戦をするという流れができあがっていたからだ。

けれどリャンルはそんなものには頓着しない。

彼は勝利に貪欲だ。

そして――そうしなければ自分達の実力では勝てないことを、しっかりと理解してもいた。

『三騎駆け』の特設会場は、学校所有の土地を満遍なく使ってできている。

トラックを回るのではなく、校舎の周囲をぐるりと回るように一周してから、近くにある雑木林へと潜っていく。

そして木々の根が張り巡らされている自然の中を駆けていくと、ゴールが見えるという構成だった。

校舎の周りを回っていく。

距離が離れすぎてはいけないため、ペースは一番足の遅いゴレラーに合わせていた。

ただゴレラーは慣れた様子で、以前の練習ではすぐにバテていたにもかかわらず、コースを必死な顔をしながら駆けていく。

（俺には言わずに、こっそりと走る練習でもしてたのか……なんでも楽をしたがるこいつがここまでするとは、よっぽど思うところがあったんだろう）

リャンルは苦笑しながら走る。

ゴレラーは玉の汗を滴らせながら、駆ける。

その顔は赤く火照っていて、必死さが見て取れる。

「勝つ——勝つんだっ！　僕達がヘルベルト様の足を引っ張るわけにはいかない！」

「——ふっ、そう……だな」

ゴレラーの頑張りに呼応するように、リャンルもアリラエもペースを上げていく。

散らばった石ころに足を取られぬよう、ペースを落としたりスペースを見つけて足を置きながら進んでいく。

進路を邪魔するように植えられている麦は、後続組が手こずるよう、魔法を使わずに手で掻《か》き分けて進んでいく。

校舎を半分ほど回り切った段階で、既に他の組を大きく突き放すほどにリードは広がっている。

けれどまだまだ安心はできない。

『三騎駆け』は、雑木林に入ってからが本番だからだ。

「お前達——そこまでして勝ちたいのか！」

「ああ……勝ちたいね！」

試合を観戦している学院生達から飛んでくる野次に、アリラエが答える。

彼らは何も、ルールを破っているわけではない。

ただ誰もが倫理的によくないと思いやってはいなかったことを、平気な顔をしてやっているだけなのだ。

開幕と同時に目潰しをしてはいけないなどというルールは、存在しないのだから。

そして一度相手の邪魔をしたら、もう一度してはいけないなどというルールもない。

中では一番体力に劣るゴレラーは走ることに専念し、ラストでの攻防に備えたリャンルは魔力を温存。

残るアリラエが、仕掛けを施していく。

巧妙に、パッと見ただけではわかりづらいようなわずかな段差を作り出したり。

上に土の柵を作ることで発見しづらくなった落とし穴を作ったり。

アリラエは罠《わな》を何個も生み出しては、他の選手達が引っかかりやすいであろう最短ルートへと仕掛けていった。

そしてわかりやすい罠のすぐ近くにわかりづらい罠を置くことで、しめしめと思い避けようとした相手を嵌《は》めるための二段構えの罠も作る隙のない構えを見せる。

これほどまでに素早い土魔法の行使ができるのは、幼い頃からやってきた遊びのおかげだった。

明らかに体格のいい黒服や魔法が使える用心棒を相手に逃げるにはコツがいる。

身体能力に勝る相手から逃走する時は、なんとかして相手を罠に嵌めなければならないのだ。

昔からアリラエは、人にいたずらをするのが大好きだった。

子供の頃から周囲の大人を困らせてばかりいた問題児だった。

だが彼が得意な魔法が土属性であることがわかったことで、彼がやっていた趣味は実益を兼ねたものに変わった。

妨害や時間稼ぎというのは、彼がずっとやってきていたいたずらの延長線上にある行為だ。

なのでアリラエの他人を罠にかける力は、他の追随を許さなかった。

土魔法を即座に発動させて相手を足止めしなければヤバいという状況を繰り返すうち、彼の魔法はどんどんと洗練されていったのである。

「――ふふっ」

「どうした、急に笑い出して」

「いや、昔を思い出してさ」

「……ああ、なるほど」

以前はよく、ゴレラーよりも足の遅いヘルベルトが逃げるための時間を、必死になって捻出したものだった。

昔の経験が活《い》きているのをこうして実感し、アリラエは笑っているのだ。

その頃のことを思い出し、リャンルも釣られて笑う。

ゴレラーも笑おうとしたが、走ることに必死なせいでその顔は引きつっていた。

そして勝負は後半戦へ……校舎を抜け、天然と人口の障害物の入り交じった雑木林へと移っていく。


前半終了時点でのリャンル達の順位は一位。

二位以下を突き放しての圧倒的な一位だった。

けれど彼らの表情に余裕はない。

このまま独走できるほど、魔法学院は甘くはないからだ。

走っているとまず最初にあった関門は、枯れ木の山だった。

ほとんど唯一と言える順路を通せんぼするような形で置かれている。

よく見ればその形状はアーチになっているため、匍匐《ほふく》前進をしながらゆっくりと進めば行けないことはないだろう。

だがその場合、後ろとの差は詰まることになる。

ゴレラーはもちろんのこと、リャンルやアリラエも運動神経はさほどよくはないからだ。

「ゴレラー、前!」

「ふっ、ふっ……アースバインド！」

ゴレラーが放ったのは、前方にあった枯れ木を縛る土の蔦《つた》。

蔦は絡まり、そして枯れ木に覆い被《かぶ》さるようにぐるりと囲んだ。

傾斜をつけながら枯れ木を芯にした多量の土は、即席の坂へと変貌する。

三人はそのまま作り出した即席の坂を上ってから、大きくジャンプ。

じぃんとする足を前に出す。

「もいっちょ、アースバインド！」

去り際、リャンルが土を更に動かして再度枯れ木を動かす。

彼は底意地悪く、アーチ状に空いていた空間を更に狭くしてから先へ進んだ。

そこからも障害物が現れては、それを魔法で乗り越えたり、小ずるい手を使って乗り越えたり、またある時は後続のことを考えて純粋にくぐり抜けながら先へ進んでいく。

はぁはぁと息はどんどん荒くなっていく。

ドクドクという脈動のリズムが、前に進めば進むほどに速くなっていく。

走り続けているせいで、喉からは血の味がした。

そして口からは、土の味がした。

「ぺっぺっ！」

ジャリッとした砂の感触に眉を顰《ひそ》めながらもリャンルは走る。

その少し後ろにアリラエとゴレラーが続く。
額から流れる汗が口に入ってきた。
土の苦さと汗のしょっぱさ、そして奥からやってくる鉄さびの味。
口の中は混沌《こんとん》としていて、とても気持ちがいいものではない。
額に汗して何かをすることなど、自分が一番嫌っているものだったはずだ。
だとしたらなぜ今、自分はこうまでして頑張っているのか。
その答えはわかっている。
けれどそれを、明確な形としては脳裏に浮かべない。
曖昧なままにして、駆けてゆく。
残す障害の数も三は超えないだろう。
既に徐々に、光が強くなっている。
林を抜ければ、あとはゴールまで一直線だ。
このままなら――そうホッとした顔ができたのも束《つか》の間《ま》。
「ウォーターウィップ！」
「――っ!?　フレイムシールド！」
迎撃に成功したのは、咄嗟《とっさ》の機転によるものだった。
いつ何時《なんどき》襲撃されてもいいよう、リャンルは常に魔力消費を抑えながら進んでいた。

奇襲のための備えとして用意していた魔法での防御に成功したのは、もし狙うなら一番弱っているゴレラーからだろうとあたりをつけていたからだ。

けれど即座に発動できる魔法では、防御範囲はそこまで広くない。

相手の水の鞭《むち》による一撃を完全に防いでくれたのは、偶然に依る部分も大きかった。

「ジグザグに走りながら抜けるぞ！　お前達は前だけを見ろ！」

「「おうっ!!」」

とうとう追い上げ組がリャンル達のところまでやってきた。

後ろを振り返ることなく、ただ前だけを見て駆ける。

アリラエとゴレラーは、相手を妨害するための罠の設置や、障害物を切り抜けるための魔法の使用を繰り返している。

リャンルの魔力を温存するためにほとんど二人でそれらをやりきったアリラエ達は、既に疲労困《こん》憊《ぱい》な様子だった。

今も元気が残っているのは、リャンルだけだ。

それはいったいなんのためか。

そんなもの決まっている——今この瞬間のためだ。

リャンルは勝負所をここと見定め、己の魔法を振るう。

「アースバインド！」

魔力の消費が最も少ないのは土魔法だ。

他の水・火・風は魔力を使い現象を起こすところから始めなければならないのに対し、土魔法の場合は今そこにある土に干渉することで土そのものを生み出す必要がなくなる。

そのため、結果として魔力効率が四属性の中で最もよくなるのだ。

今回の『三騎駆け』は、相手を倒して先に進む競技ではない。

相手を妨害して、いかに抜け駆けをするかという競技だ。

必要なのは威力の高い魔法ではない。

「フレイムランス！」

「ウォーターグレネード！」

後ろをちらと見る。

やってきているのは二組、片方はA組、もう片方はB組の生徒だ。

放ってきているのはどちらも高威力の中級魔法。

「アースシールド！」

対しリャンルは、それらを初級土魔法で防ぐ。

ただしよく見ればその土の壁には傾斜がついていた。

攻撃魔法はあらぬ方向へと飛んでいき、それを食らった土壁はボロボロと崩れていく。

また少し、距離が詰まった。

ここでリャンルは一計を案じる。

「ウォーターウィップ！」

と大きく叫んだのだ。

もちろん使いはしない。ただ大声で叫んだだけである。

けれど相手は意識をリャンルに向け、攻撃のための防御魔法を使おうと魔力を放出させる。

リャンルが狙うのはその意識の間隙《かんげき》だった。

「――なっ!?」

「きゃあっ!?」

二人の意識が自分に向いた瞬間、土魔法を使い相手の足もとを操作する。

相手は何が起こったのかもわからず、思い切り地面を転がった。

そしてその向かう先は、クラスの違う敵の組である。

「ちいっ！」

「このっ！」

相手を無視するわけにもいかず、戦闘が始まる。

リャンル達はそのおかげで、また少しだけ距離が稼げた。

ゴールまでは、あと少し。

差は縮まったが、なんとか首位だけは死守できている。

既にリャンルもグロッキーになり始めていた。

三人は雑木林を抜ける。

勝負は終盤戦へと差し掛かろうとしていた――。

「ウィンドショット！」

「アースウィップ！」

やって来る風の弾丸と、土の鞭。

リャンルは迫ってくる攻撃をアースシールドで防ぐ。

アースシールドは初級の魔法であり、飛んでくる中級魔法を完全に受けきれるだけの防御力はない。

故に工夫を凝らす。

壁に傾斜をつけて攻撃の方向を逸《そ》らす。

完全に速度が出る前にぶつけて、威力を殺す。

あらゆる手を使い、手を替え品を替えながら、なんとか攻撃を捌《さば》いていく。

明らかに、視界が広く、そして明るくなり始めていた。

雑木林が終わりに差し掛かっているのだ。

林を抜ければ、そこから先に残っているのは直線だけ。

最後に求められるのは、小細工無しの全力疾走。

必死になって走らなければいけない。

何かに全力を出して、歯を食いしばりながら必死にやって。

そんなのはリャンルが一番嫌いなことのはずだった。

(身体が……重い)

だというのに彼は今、走っている。

常に周囲に目を走らせ、バテ気味のゴレラーを引っ張りながら、ただただ前へと進んでいる。

(なんでこんなことをやってるんだ。柄でもない)

フッと自嘲しながら、リャンルは魔法を放つ。

彼が向けたのは——フレイムランス。

その美しいフォルムに憧れ。

その使い手に憧れ。

リャンルが必死になって覚えた魔法だ。

フレイムランスは相手の防御を貫き、ダメージを与えた。

呻《うめ》き声を上げながら減速するB組の面々。

これで実質、A組対C組の勝負になった。

雑木林を抜けるところで、両者の距離はほとんどゼロになる。

その時、後ろから声が聞こえてきた。

「ぐっ……悪あがきをっ！」

悪あがき、か……。

たしかにその通りだ、とリャンルは笑う。

正攻法で勝てないから、策を巡らせることでしか勝ち筋がなかった。

今の自分達にできることを全てやりきってまで、リャンル達は勝とうとしている。

なぜ、そこまでする必要があるのか。

その理由は、言葉で表すのは難しい。

けれどいくつか、わかることもある。

それは――とにかくこのまま、ヘルベルトの出る意味がなくなってしまう『覇究祭』は、つまらないということだ。

彼の『一騎打ち』の結果が、学年ごとの点数でなんの意味もなさないなどということがあっては、面白みに欠けるのだ。

「ラストスパートだ！　死んでも遅れを取るなよ！」

「――ああっ！」

「も、もちろんっ！」

リャンル達は駆ける。

既に全身は泥まみれで、足取りはおぼつかない。

疲れはインドア派の彼らの限界を超えるほどに溜《た》まっていて、魔力も底をつきかけている。

だというのに、どうしてだろうか。

身体の底から、力が溢《あふ》れ出してくる。

負けたくないという気持ちは、どんどん強くなっていく。

「アースバインド！」

「ウォーターウィップ！」

「フレイムアロー！」

「ファイアアロー！」

魔法が四方を飛び交う。

中には自分達に掠《かす》るものもあったし、相手に当たるものもあった。

けれどもうそんなことを気にしている余裕はない。

リャンル達とA組のグループ達の距離が、どんどんと縮まっていく。

けれど彼らは後ろを見ることもなく、ゴールテープだけをジッと見つめていた。

「「負けて……たまるかあああああっ！」」

駆ける、駆ける、駆ける。

歯を食いしばりながら、風に無様に顔を引きつらせながら、それでも彼らは走り続けた。

そして――ゴール。

そのタイミングは、A組とほとんど同じタイミングだった。

けれど先にゴールテープを切ったのは……リャンル達だった。

「C組！　一着はC組です！」

その声を聞き、ガクッと地面に倒れそうになるリャンル達。

「はあっ、はあっ……勝てた、ね」

「ああ……」

ゴレラーとアリラエは地面に座り込みながら笑う。

けれどリャンルはまだ座らず、最後の体力を振り絞ってゆっくりと歩いて行く。

——自分達のことをゴールで待っていた、ヘルベルトの前へと。

「あとは……任せ、ました……」

「ああ、任せておけ！　お前達の雄姿、たしかにこのヘルベルトが見届けた！」

自分の憧れた男の声を聞き安心したリャンルは、フッと笑ってそのまま地面に倒れ込む。

この『三騎駆け』で、点差は開かなかった。

そして勝負は最終競技である『一騎打ち』へと続く。

C組が学年優勝できるか否かは、ヘルベルトの双肩にかかっていた。

「ふむ……」

ヘルベルトが見つめる先にあるのは、色ごと、クラスごとに点数の張り出されている掲示板だ。

最後までドキドキを保たせるためか、既に点数はしまわれてしまっている。

だがヘルベルトが計算したところによれば、今の学年トップは間違いなくA組だ。

リャンル達が奮闘してくれたおかげで、さほど点差は開いていない。

『一騎打ち』で優勝をもぎとることさえできれば、学年優勝は間違いないだろう。

(色で見ると、赤組が優勢か……まあ、どうでもいいことではあるが)

『覇究祭』において、色ごとの結束というものを重視しているのは二年生と三年生だ。

一年生は全体で見れば配点が少ないため、どちらかといえば一年生同士で戦うことに主眼を置く者が多い。

当然ヘルベルトもその一人だ。

「ヘルベルト様……」

「どうした、リャンル」

くるりと後ろを振り返る。

そこには『三騎駆け』で泥だらけになりながらも一位をもぎ取ったリャンル達の姿があった。

『一騎打ち』をするための会場の設営に時間がかかっているため、少し長めの休憩時間が取られている。

おかげで意識を失ったリャンルもしっかりと目を覚ましているのだ。

少しだけ格好がつかなかったことにバツが悪そうにしながら、リャンルはヘルベルトの方を見る。

今までとは違い、まっすぐに、真剣に。

「一位を取って、しっかりとネル様に思いを伝えてください」

「もちろんだ」

色々と思うところもある。わだかまりも完全になくなったわけではない。

けれどこの『覇究祭』の雰囲気がそうさせるのか、リャンルの態度はずいぶんとやわらかくなっていた。

（ネル……）

ヘルベルトはあの宣言のあとから、ネルの姿を一度も見ていなかった。

彼自身忙しかったというのもあるが、間違いなくネルがヘルベルトから離れていたというのも大きいだろう。

ビジョン越しに映る姿しか、見られてはいなかった。

白昼堂々と告白宣言をした自分に呆《あき》れ、姿を隠しているのだろうか。

それとも何か、ヘルベルトでは想像もつかないようなことを考えて、怒っていたり悲しんでいたりするのだろうか。

できれば悲しんでいなければいいな、と思った。

怒りであれば、自分が受け止めればなんとかできるという自信があるからだ。

「ん……」

休憩終了二十分前の連絡が鳴る。

ヘルベルトの試合まではまだあるが、そろそろ時間もなくなってきた。

「練習に行ってくる」

「はいっ」

「頑張って下さい！」

「言われずとも」

サッと手を振り、ヘルベルトは魔法の試し打ちのできる広い練習場へと向かう。

まばらな人の中には、自分と同じく『一騎打ち』に出てくる者の姿もある。

だがヘルベルトの視線は、一人の人物に固定されていた。

その人物も彼と同じく、ただヘルベルトだけをジッと見つめている。

それは誰あろうマーロンだった。

ヘルベルトのマーロンへの感情を一言で言い表すのは難しい。

彼は本来であればヘルベルトを退学させ、廃嫡させ、その人生を終わらせてしまった男だ。

けれどその未来はヘルベルト自身によって変えられ、今は新たに切り開いた未来の真っ最中。

内にある情念は、憎しみというほどにはドロドロはしていない。

未だ完全とは言えないが、過去の清算も着々と終えている。

両親やロデオとの関係も修復できた。

弟のローゼアやロデオの娘であり幼なじみでもあるティナについても考えられるだけの余裕も出てきた。

その理由はと問われれば、ヘルベルトが頑張ったからだ。

けれどヘルベルトが折れそうになった時、危険な場所へと出張る時、いつもその隣にはマーロンの姿があったのも大きい。

今のマーロンは切磋《せっさ》琢磨《たくま》できるライバルであり、そして――。

「我が終生のライバルでもある」

「褒め言葉として受け取っておくよ」

マーロンがグッと握りこぶしを作る。

ヘルベルトも彼に合わせて手を握り、拳を互いにコツンとぶつけ合う。

男同士の一幕に、長台詞《ながぜりふ》は不要だった。

「この戦い、俺が勝つ。ネルに思いを告げるのはまたの機会にしてくれ」

「こちらの台詞だ――勝つのは俺だよ、マーロン」

マーロンはそのまま練習場を去っていく。

第一試合で出るというのもあるのだろうが、恐らくはヘルベルトに手の内を見せるのを嫌がったからだろう。

ヘルベルト同様、マーロンも何か隠し玉を用意していると見える。

（フッ……そうでなければ、やりがいもないというもの）

けれどヘルベルトは笑った。

そして彼も遠くない自分の出番に合わせて最終調整を開始する。

『覇究祭』最後の種目である『一騎打ち』。

未来の賢者は、己の運命を切り開くために再度、未来の勇者と向かい合う。

その結果や、いかに。


『一騎打ち』は『覇究祭』の目玉といっても過言ではない。

リンドナー王立魔法学院生達の純粋な実力を発揮させるという、ただそれだけの場だ。

そのルールは全種目の中で最もシンプル。

一学年五組、三学年で十五あるクラスの中で代表である一人を選出。

出場選手達が学年に関係なくクジを引き、引いた数によってトーナメントに配置されれば、あとはそれに勝ち抜いていく。

そして最後に、一位から三位までの選手の所属しているクラスに得点が与えられる。

故にこの大会において必要なものは強さだけ。

ヘルベルトが引いた番号は十一番、そしてマーロンが引いた番号は一番であった。

真逆のブロックに配置された彼らがもし『一騎打ち』でぶつかり合うのだとすれば、それは最後に行われる決勝戦だ。

「――勝者ッ、マーロン選手っ！」

ヘルベルトは闘技場の方を振り返る。

遠くからは、実行委員の声と会場から湧き出してきた歓声が聞こえてくる。

マーロンが勝つのは当然のことだ。

というか、そうでなくては面白くない。

上にいる上級生達を軒並み蹴散らして、決勝の舞台で全力を尽くして戦う。

それでこそ初めて、ヘルベルトも全力を出せるのだから――。

待つことしばし、ようやくヘルベルトの出番がやってきた。

壇上に立ち、自分と戦うことになる選手のことを見据える。

彼の相手は、二年生であるベック先輩だ。

出場に当たって、『一騎打ち』に出てきそうな生徒達の主要な情報は確認している。

（たしかベック先輩は、自分と同じく火魔法が得意だったはずだ）

頭を回していたヘルベルトに、チッと舌打ちの音が聞こえる。

見ればベックは、ヘルベルトのことを睨《にら》んでいた。

「ダイエットに成功した程度で、調子に乗ってんじゃねぇぞ後輩」

「いや、調子になど乗っていないが」

「先輩に対するその口の利き方が、調子に乗ってるっつってんだよ！」

ベックが構える。

手には剣を持ち、そして左手を前に出す。

魔法と剣のどちらでも戦える、魔法戦士特有の構えだ。

今まで好き勝手に振る舞ってきていたせいで、ヘルベルトの上級生からの受けはすこぶる悪い。

公爵の父の権威を笠《かさ》に着て上級生相手に噛《か》みついたり、別に悪くない相手にも謝罪をさせた経験が何度もあるからだ。

ヘルベルトは改心したが、成績が優等なイザベラやマーロンのように誰に対しても分け隔てなく接するようになったかと問われれば、それも否である。

公爵家嫡男として、ヘルベルトに軽々と頭を下げることは許されない。

一応彼なりに悪いとは思ってはいるのだが、そう簡単に謝れる身分でもないのだ。

故に未だにヘルベルトを目の敵にしている人間も多い。

それに対して彼が取れる手段は、一つしかなかった。

ヘルベルトは――背中で語らなければならない。結果を出せなければ、己の改心を示すことはできないのだ。

両者が向かい合うのは、ステージの上。

引かれている白線の上で、試合が始まるのを待っている。

その距離は数メートルほど。

剣が届くには遠く、魔法を放つには近い距離だ。

「それでは『一騎打ち』一回戦、第四試合――始めッ!!」

ドガッ！

会場に響く鈍い音。

目では追えず先に鼓膜が震えた観客達が見たものは――。

「な……がっ……」

思い切り地面に叩きつけられ、倒れているベックの姿であった。

それはあまりにも一瞬の出来事だった。

試合開始と同時、ヘルベルトは時空魔法のアクセラレートを使い加速して前進。

観戦していた誰もが見失ってしまうほどの速度で肉薄した彼は、そのまま背後を取り、手に持っていた模造刀で殴りつけたのだ。

「おい、今の動きって……」

「人間業じゃねぇ……」

「なんだよあれ、すごすぎだろ……」

観客から漏れ出す声を聞き、ヘルベルトは口角を少しだけつり上げた。

「しょ、勝者っ――ヘルベルト！」

アナウンスの声が鳴り響き、ベックを運びに救急隊員達がやってくる。

（俺にとって、決勝までの試合は全て前哨戦《ぜんしょうせん》に過ぎん。なあ、お前もそうだろ……マーロン）

ヘルベルトとマーロンは、順調に勝ち進んでいく。

上級生だろうが、女子生徒だろうが関係ない。

彼らは他の出場選手達を鎧袖一触《がいしゅういっしょく》で打ち倒していった。

そして……彼らは決勝の舞台へと上がる。

皆が待ちに待った決勝戦がやってきた。

既に三位決定戦も終わり、会場のボルテージは上がりきっている。

ヘルベルトが壇上へ立てば、そこにはマーロンの姿がある。

向こうもこちらをジッと見つめていた。

気付けば二人は、笑っていた。

二人とも、お互い以外は眼中になかった。

この結果に喜ぶというより、ああやっぱりこうなったかと腑《ふ》に落ちる気持ちの方が強い。

戦いが始まろうとしている。

けれどその心は、いやに冷静だった。

（前とは……何もかもが違う）

ヘルベルトは周囲を見回す。

以前とは――ヘルベルトがマーロンに勝ったあの時とは、全てが百八十度変わっている。

「ヘルベルトー!!」

自分を応援するクラスの皆がいる。

興奮した様子で、ヘルベルトの名を叫んでいる人が男女の別なく何十人もいる。

「「ヘルベルト様ーっっ!!」」

見ればリャンル達《たち》の姿もそこにあった。

自分の後ろについてきてくれた彼らの存在は、ヘルベルトにとってかけがえのないものだった。

そのありがたみを失って初めて知ったヘルベルトは、再度得た彼らの気持ちを裏切らぬようにしようと心に決める。

(父上達は……さすがにこの場にはいないか)

探してみても、父のマキシム達の姿は見えなかった。

今の自分の姿を、ローゼアは見ているのだろうか。

『覇究祭』が終わったら、一度会って話をしてみよう。

そう思えるだけの余裕があった。

A組を見る。

そこにネルの姿はなかった。

どうやら彼女も、会場外のビジョンから試合を見ているらしい。

これが終われば、どのみち一度話をしなければならないのは間違いない。

そしてそれが謝罪か、面と向かっての告白なのか。

それはこの勝負の行方次第なのだ。

「──すうっ」

大きく息を吸って、吐く。

グーパー、グーパーと右手を動かして、木刀の握りの感触を確かめる。

普段使っているものよりもグリップが弱く、常に力を込めていないとすぐにすっぽ抜けてしまいそうだった。

目の前にはマーロンがいた。

剣は構えてはおらず、ジッと目をつぶっていた。

精神を高めている最中なのだろう。

ヘルベルトは剣を両手で構え直す。

「それでは──『一騎打ち』決勝戦、ヘルベルト・フォン・ウンルー対マーロン──始めッ!!」

そして試合が始まった。

開始と同時、ヘルベルトは前傾姿勢のまま前に出る。

彼の剣は、以前に習っていた王国流剣術を基礎に置いている。

けれどロデオと戦う中で、彼の剣は既に王国流のそれとはかけ離れていきつつあった。

ヘルベルトの突進は獰猛《どうもう》な四足獣のように腰が低く、その一撃に威力を乗せるために下げられた剣は、さながら肉食獣の牙のようだった。

貴族の剣とは思えぬほどに洗練されていないその剣技は、実戦に裏打ちされて作り上げられ、へルベルトに最適化される形で昇華されている。

ヘルベルトが果敢に接近しても、マーロンはそれとは対照的にしっかりと重心を下げ、中段に剣を構えていた。

ヘルベルトの剣を動の剣とすれば、マーロンの剣は柔の剣だ。

彼は相手の攻撃の中に活路を見出《みいだ》す。

「シッ！」

ヘルベルトの振り下ろしを、マーロンは中段から横に動かした剣で受ける。

攻撃と防御は、攻撃の方がやや優勢。

ヘルベルトの攻撃がマーロンの防御を上回った……が、突き崩せない。

ヘルベルトは一度下がり体勢を整えようとする。

するとそこで、マーロンが攻め手に転じた。

突き込まれる木剣を、ヘルベルトは頭を右に傾けることでひらりと躱《かわ》した。

そのまま手首のスナップだけで一撃、マーロンに軽くいなされる。

二人とも下がり、距離を取る。

会場がしん、と静まりかえっていた。

ここまでは小手調べであり、ウォーミングアップ。

そしてここからが……本気のぶつかり合いだ。

ヘルベルトはこの『覇究祭』で全てを出すと決めている。

彼は惜しまずに、時空魔法アクセラレートを発動させる。

「――アクセラレート！」

先ほどの三倍速で叩《たた》き込まれる一撃は、先ほどまで微動だにしていなかったマーロンの腰を、たしかに浮き上がらせた。

初級時空魔法、アクセラレート。

ヘルベルトが最も親しんできたこの時空魔法は、使えば使うだけ馴染《なじ》んでいく。

今では魔力球を作り、自分の肉体をその中に入れるという面倒な行程を経る必要もなくなっていた。

自らの身体《からだ》に直接アクセラレートをかけることができるようになり、以前のように無駄な魔力を使わずに、効率的に魔法を使うことができるようになっている。

「ぐうううっっ!?」

マーロンがヘルベルトの攻撃を受ける。

縦横無尽に、蛇のように右から左から飛びかかってくる斬撃を、マーロンは致命的な攻撃にだけカウンターを合わせる形で捌《さば》いていく。

アクセラレートを習得してからは、三倍の速度を出すことで、ことスピードに関してはヘルベルトが優位という状態が続いていた。

当時、未《いま》だダイエットに失敗していた時ですら、魔法を使っている間はマーロンに速度で勝っていたのだ。

そして今のヘルベルトは既に完璧な細マッチョとなっており、しなやかな筋肉を身につけている。

父を始めとするウンルー家から受け継いだ高スペックの肉体は、極限まで鍛え上げられるのだ。

現在のヘルベルトは、時空魔法による加速をせずとも、剣速だけならマーロンに勝《まさ》っている。

更にそれを三倍にすれば、その差は歴然。

閃《ひらめ》く剣筋は、どれもヘルベルトのものばかりである。

刃を潰されている模造刀とはいえ、当たり所が悪ければ打撲では済まずに骨折することもままある。

けれどヘルベルトは一切の躊躇《ちゅうちょ》なく、思い切り剣をマーロンへと打ち付ける。

ベギンッ！

急所への攻撃を防ぐために前に出したマーロンの左腕から、鈍く嫌な音が聞こえてくる。

骨折した腕が、明らかに人間の可動域を越えた方向へと曲がっている。

ヘルベルトはその様子を見て――更に剣を振る。

「おいおいマジかよ……ヘルベルトの野郎、なんつう鬼畜だ。重傷人相手に、一切の情け容赦がねぇぞ」

その様子に驚く観客。

ステージのすぐ下では、『一騎打ち』に出場し敗れた選手達が試合の行く末を見守っている。

その中には、ヘルベルトに一瞬のうちにやられたベックの姿もあった。

「いや、あれで正しいのだ」

「ん、誰——ジョゼ先輩!? 失礼致しましたッ!」

ベックの隣にやってきたのは、この学院で強力な権力を持つ生徒会の一員であるジョゼ・フォン・スタインベックだった。

彼は二回戦でマーロンに負けた選手だ。

けれど既に従軍経験がある彼の実力は高く、その二回戦が実質の三位決定戦だったなどと言う人も多いほどに、彼とマーロンの戦いは熾烈《しれつ》を極めていた。

「そう言えばベック二回生は俺とマーロンの戦いを見ていなかったよな?」

「は、はい、お恥ずかしいことに気絶しておりまして……」

「であれば無理のないことだ。流石《さすが》にあれの恐ろしさは、実際に見てみないとわからんからな」

「あれ、ですか……?」

自分より下な人間には強く出て、自分より立場が上の人間にはペコペコする三下なベックは、ジョゼの言っている通り、すぐにヘルベルトが手を抜かずに戦っている理由を知ることになった。

「ヒール!」

マーロンがそう叫ぶと、彼の身体に淡い光が灯《とも》り出す。

するとヘルベルトがつけたいくつもの傷達が、徐々に塞がり始めたのである。

「な、なんだよ、あれ……」

通常、傷を癒やすために使われるのはポーションと呼ばれる薬品類である。

魔力を多く含む薬草や魔物の素材を煎じて作られたポーションを使って、人は傷を癒やす。

緊急時には振りかける形で使い、時間をかけて根治をしようとするのなら飲用することが多い。

ポーションは、それを作る薬師と素材の良し悪《あ》しによる影響がとても大きい。

振れ幅が大きいため、有能な薬師は貴族や商人に抱えられることもしばしばだ。

だが今回の『一騎打ち』において、ポーション類の使用は認められていない。

けれどマーロンの持つ光魔法は、そこいらのポーションでは出せないような回復効果を叩き出す。

「シッ！」

己の傷を回復させたマーロンの横薙《よこな》ぎが、ヘルベルトへ襲いかかる。

ヘルベルトはそれを加速させた攻撃で軽々といなした。

けれど彼の顔色は、それほど良くはない。

時空魔法を使い続け慣熟したとはいえ、やはりこの系統外魔法は主要四属性魔法と比べると魔力のコストパフォーマンスがあまり高くない。

アクセラレートは使い続けなければ効果を持続させることができない。

移動を高速化するためには常に魔力を消費することとなってしまうためだ。

対しマーロンの系統外魔法である光魔法は、初級魔法であれば主要四属性の半分程度の魔力消費で使うことができる。

おまけに回復魔法であるヒールに、常時使用しなければならないなどという縛りもない。

「あれがマーロンの使う系統外魔法の力だ」

「この大会の規定では、ポーションは使えない……」

「そう、そもそも光魔法など想定されてすらいないから、この大会ではマーロンが回復を使うことを制限するルールがない。最初は優位だったとしても、あまり意味はない。マーロンが回復魔法を使って傷を治しながら戦ううち、傷の多寡は逆転し、気付けば追い詰められてしまう……」

ジョゼはそれだけ言うと、黙ってしまった。

少し青くなったその顔を見れば、恐らく自分が負けた時のことを思い出しているのであろうことは、容易に想像ができる。

たしかにそれは脅威かもしれない。

けれどベックはジョゼから話を聞いても、顔色を変えなかった。

怪訝《けげん》そうな顔をするジョゼに、ベックは眉を顰《ひそ》めながら答える。

「俺はあのヘルベルトのことは大嫌いです。傲慢で、独りよがりで、自分がこうと思ったら曲げない。リンドナーの貴族を煮詰めたようなあの人間性を褒めそやす奴《やつ》らもまとめて気にくわない」

ヘルベルトが振った剣が、マーロンを強《したた》かに打ち付ける。

それを食らって苦悶《くもん》の表情を浮かべるマーロンだったが、回復魔法を使うことでその傷と痛みを取り除いてからはまた活発に動き出す。

そんな膠着《こうちゃく》状態は長くは続かないはずだ。

こんな戦いをしていてはジリ貧になるばかりのヘルベルトは、自らが負ける方へ舵《かじ》を切るような人間ではない。

悔しながら、その部分は認めざるを得なかった。

見れば持久戦の構えを見せるマーロンに対抗するのは不毛だと感じたためか、ヘルベルトは魔法の使用を明らかに減らし始めていた。

そのせいで攻守は逆転し、今ではヘルベルトの方が傷の数は多くなっている。

「けれどアイツはそう易々《やすやす》とやられるたまじゃないでしょう……ほら、どうやら戦局が動き出したようですよ」

二人は食い入るように試合を見つめ始める。

傷を負い出したヘルベルト。

けれど彼の不遜な表情は変わらない。

それを訝《いぶか》しむマーロンが再度の攻撃。

ヘルベルトは正面から受けきり、そして叫んだ。

「マーロン、何も回復ができるのはお前だけじゃないぞ。――リターン！」

時計のような形をした魔法陣が浮かび上がったかと思うと、信じられない現象が起こった。

マーロンにつけられたヘルベルトの傷が治っていく。まるで……時計の針を逆さに回すかのように。

「「「な……何ぃっ!?」」」

会場から沸き上がる驚きの声。

だがそれも当然のこと。

今までマーロンにしかできないとばかり思っていた、系統外魔法である光魔法による回復がヘルベルトにも使える。

その事実は、計り知れない衝撃を皆へともたらしていた。

「どういうことだ……ヘルベルトも光魔法を？」

「バカな！　同世代に二人の系統外魔法の使い手が現れるなど！　奇術の類ではないのか!?」

系統外魔法の使い手は、数十年に一人現れるかどうかというほどに稀少《きしょう》だ。

それが一つの魔法学院の、おまけに同じ学年に、二人も現れる。

そんな偶然が、果たして起こることがあるのか。

目の前で繰り広げられている現実を見つめることのできぬ生徒や教師、親達は目に見えてうろたえていた。

既に事情を知っている国王やヘルベルトと関わりのある貴族家の人間達は比較的落ち着いて見え

たが、それでもその数は全体から見ればかなりの少数である。

マーロンが光魔法を使っていた時のように、ヘルベルトの傷が治っていく。

しかもそれは、一度や二度ではなかった。

何度も繰り返される様子を見て、さすがに自分達の見間違いではないことに観客達も気付く。

自分達の目の前で繰り広げられている激闘を食い入るように見つめるのだった。

「はあああああああっっ！」

マーロンの手元で白銀が閃く。

ひらりと蝶《ちょう》のように舞うその様子は、剣舞を連想させるほどに優美だ。

彼の柔の剣は時にしなやかに、そして時に力強くヘルベルトへと襲いかかる。

その剣閃《けんせん》は、模造刀とは思えぬほどに鋭かった。

角度を変え、方向を変え放たれる刃。

振り向きざまに剣を振り抜き、くるりと回転しながら自重を加えて放つ。

軽い一撃は肌を浅く裂き。

腕力を込めて放った重たい一撃は、身体の芯にまで徹《とお》る。

アクセラレートによる加速を止めたヘルベルトは、その連撃を時に防ぎ、そして時に敢《あ》えて食らいそのままカウンターを叩き込む。

速度はヘルベルトがやや優勢。

けれど受けた傷をマーロンが光魔法で治すことでその優勢は崩れ、長引けば長引くほどマーロンに優位な展開になるだろう……そう思われた矢先、更にそこに新たな動きが生じた。

それこそがヘルベルトが新たに身につけた時空魔法――リターンである。

「いつの間に――そんな魔法をッ!」

マーロンがグッと軸足に力を込め、溜《た》めを作ってから放つ一撃が、ヘルベルトを襲う。

ヘルベルトの方はその一撃をいなすため、防御姿勢を取った。

マーロンは自分の怪我《けが》を治すことができるため、果敢に攻め立てることが可能となっている。

故に彼の剣は時間が経《た》つごとにより大胆なものへ変わっていき、重い斬撃の比重が高くなっているのだ。

マーロンの斬撃がヘルベルトの身体に打撲痕をつける。

けれどその傷は、時計のような形の魔法陣が出たかと思うと、みるみるうちに消えていく。

これこそがヘルベルトがいざという時のためにとっておいた秘密兵器の一つ目、リターンである。

この魔法は簡単に言えば、ごく部分的な場所でだけ時を戻す魔法である。

リターンをかけられた者は、今より数十秒ほど前の状態へと回帰する。

そしてその状態で時が固定されるため、時間の経過と共に傷が再び生まれるということは起こらない。

ただこのリターンは、マーロンの光魔法による回復ほど万能なものではない。

一つ、大きなデメリットがあるのだ。

それは——傷を負ってから何分も経ってから治そうとしても、傷を負うまで時を戻すことができないという点だ。

リターンを発動させるための時間を確保できないようなつばぜり合いが続けば、ヘルベルトは傷を治すことができない。

（だがその問題点も……アクセラレートとの併用で解消できる）

ヘルベルトはマーロンの一撃を躱し——高速で移動。

アクセラレートを使い自らの時間の流れを加速化させてから、即座にリターンを発動。

そして再度アクセラレートを使うことで、魔法を切り替えるだけの余裕を作った。

魔力の消費という唯一の難点をなんとかできれば、リターンのデメリットは打ち消すことができるのだ。

マーロン有利であった戦局は再度逆転。

ヘルベルトは魔力の残量を意識して節約しながらも、確実にマーロンを追い詰め始める。

「はあああああっっ！」

ヘルベルトの斬り付けが、マーロンの腹部を襲う。

模造刀のため威力は抑えられているが、それでも質量のある鈍器であることは変わらない。鈍い音を立て、べきりと骨の折れる音が聞こえてくる。

けれどマーロンは回復で応急処置をしながら、それでもヘルベルトに噛《か》みついていく。

それでいい。

戦っている相手ながら、ヘルベルトもそのガッツを認めるしかなかった。

加速と減速を繰り返すことができるヘルベルトの斬撃は、対応はおろか予測することすらも難しい。

彼の変幻自在の攻撃は、迎撃をすることが非常に困難なのである。

一度《ひとたび》加速をすればその攻撃はマーロンへと着実にダメージを与える。

そしてヘルベルトはアクセラレートのオンオフを一瞬で切り替えることができる。

防御姿勢を取られたところで、それを速度で上回り、守られていないところを攻撃することは十分に可能。

ヘルベルトの圧倒的な速度の前にマーロンが選んだ手は、変わらず持久戦だ。

マーロンは既に、全ての攻撃を守ることをやめていた。

今はヘルベルトの高速移動に対応することは諦め、急所に一撃をもらわぬよう立ち回りながら、ひたすら耐え続けている。

マーロンの強みは何より、光魔法による攻防一体となった戦い方にある。

それを活《い》かす形で、回復魔法を多用させることでなんとか耐え続けていた。

ヘルベルトがリターンを発動させ傷を癒やすためには、アクセラレートを使い攻撃の範囲外に出る必要がある。

そしてアクセラレートとリターンを使い消費する魔力は、マーロンが回復魔法で使うそれを大幅に凌駕《りょうが》する。

故にヘルベルトは短期戦で勝負を決める必要があった。

彼はとにかく猛攻を続ける。

突き穿《うが》ち、切り裂き、剝いで焼き焦がす。

得意の火魔法も織り交ぜながら、近~中距離を保ち続け、自分の間合いで戦っていく。

(このまま――押し切るッ!)

戦いを優位に進めることができているという自信。

己が出せる全てを剣に乗せ、斬撃へと変換する。

急所を狙う一撃は防がれているが、身体の奥に響く衝撃は徹っている。

たとえ光魔法で応急処置ができているとはいえ、ダメージは確実に内側に残っているはずだ。

ヘルベルトは、けれどこのまま勝負が決まるとは思っていなかった。

マーロンが『柱割り』で見せたあの魔法を、未だ見せていないからだ。

そしてその瞬間はやってくる。

ヘルベルトが連撃の合間の隙をアクセラレートで消そうとしたその隙間。

マーロンの持つ剣がキラリと光った。

「コンヴィクトソード！」

光が剣を包み込み、その刀身を己で伸ばす。

一瞬のうちに伸張した剣は、光の特性を活かし真《ま》っ直《す》ぐにヘルベルトへと向かってくる。

「――ッ！　アクセラレート！」

ヘルベルトは咄嗟《とっさ》に加速することでその攻撃をかわした。

けれど光の刃は、それでもなおヘルベルトへと迫ってくる。

この光魔法は柱を一直線上に斬り伏せ、その全てを倒してみせていたのを思い出す。

恐らく魔法を剣に纏《まと》わせる、魔法剣のようなものなのだろう。

だがこの攻撃自体は既に一度見ている。

その特徴もざっくりとだが摑《つか》んでいた。

まずこの光魔法は、剣の刀身を延長する形にしか伸びない。

鞭《むち》のように光の線がぐにゃりと曲がるようなことはないため、攻撃の軌道自体を読むのはそれほど難しくないのだ。

だがこの魔法の攻撃速度は、軌道が読めていてもなお回避が難しいほどに早い。

「――ぐうっ!?」

ジュウッと肉の焼けるような音が聞こえてきたかと思うと、既に自分の右腕部分の服が焼き切れていた。

感じる熱、けれどアクセラレートを使い離脱しようとも追いすがってくる光。

マーロンの方を見つめる。

彼が持久戦から切り替え、攻撃のカードを切ってきたのはなんのためか。

見ればマーロンの方にも、隠しきれぬ疲れと焦燥があった。

（向こうも魔力の残量が心許《こころもと》ない、ということか。それなら――）

ヘルベルトは前傾姿勢を取りながら、更に前に出た。

彼の頭髪を光線が焼き、髪を焦がした時特有の臭い匂いが鼻をつく。

けれどヘルベルトは前に出る。

アクセラレートを使い、最短で一直線にマーロンへと近付いていった。

マーロンが放つ光魔法、コンヴィクトソード。

一直線にしか攻撃できないという制限こそあるものの、その速度と威力はたしかに脅威だ。

故にヘルベルトは前に出る。

相手の攻撃を逆手に取るために。

コンヴィクトソードはその性質上、真っ直ぐにしか攻撃をすることができない。

またこれを使用している最中は魔法の制御に高度な集中力を要するため、マーロンの動きはどうしても単調なものになる。

ヘルベルトはアクセラレートを使い、マーロンへ近付いていく。

マーロンはそれを光刃で迎撃しようとするが、上手《うま》く狙いをつけることができない。

ヘルベルトの移動スピードにマーロンは早々に迎撃を諦めた。

彼がコンヴィクトソードの発動を終えると、ヘルベルトはそれに合わせてアクセラレートを解く。

「フレイムランス！」

コンヴィクトソードを使うためには精神集中が必要のため、呼吸を整えようとするマーロンの意識を、ヘルベルトは中距離魔法を飛ばすことで妨げた。

再度接敵、激突。

これほどの近距離で戦えば、コンヴィクトソードは使えない。

「うおおおおおおっっ!!」

「はあああああああっっ!!」

みるみるうちに傷が増えていく。

けれどそれらの傷は、瞬き一つの間に消えていく。

まるで手品にしか見えぬ芸当が続く。だがもちろん、種も仕掛けも存在する。

魔法の連続行使。

遠ざかれば遠距離魔法を、近付くために魔法で加速を。

傷ついた故に魔法で回復を。一旦距離を取るために敢えて範囲の広い攻撃魔法を。

剣と魔法。

攻撃手段の取捨選択。

火が肌を炙《あぶ》り、水が身体を貫き、土が移動を妨げ、風が不可視の刃となって襲いかかる。

剣が交差する。

高速で放たれる剣技の応酬は、観客達から余裕すら奪っていく。

戦いは激しくなり、とうとう癒えぬ傷が現れ始める。

赤い打撲痕は痛々しく、裂けた皮膚から流れる血が地面にこぼれていく。

ヘルベルトとマーロンだけではない。

それを見守る観客達までが、呼吸一つを、瞬き一つを惜しんで食い入るように試合を見つめている。

「ヘルベルト……」

食い入るように投影された映像を見つめているのは、彼の婚約者であるネル・フォン・フェルディナントだ。

彼女は目に涙すら浮かべながら、二人の激闘を見つめている。

なぜ瞳が潤むのか、その理由を説明することはできそうになかった。

彼女の父である侯爵はそんな様子のネルに何か言いかけようとしたが、その直前で妻に腕を引かれて思いとどまった。

「……」

そこから少し離れた場所で、ヘルベルトの弟であるローゼアも試合を見つめている。

ヘルベルトが歯を食いしばりながら血を流すその姿を見て、ローゼアの兄をバカにしてやろうという気持ちは消え失《う》せてしまっていた。

めまぐるしく魔法が飛び交い、その間すら惜しむかのように剣戟《けんげき》が続く。

闘技場のステージがめくれ上がる。

二人の応酬の余波が観客席の方にまで飛びかけるが、そこは事前に準備をしていた魔法使い達が抑えてくれていた。

「…………れ……」

かつてを彷彿《ほうふつ》とさせる兄の姿。

何よりも誇れる理想の兄だったかつての姿。

紆余《うよ》曲折《きよくせつ》を経て長い時間はかかったものの、そんな兄の成長した姿が今目の前にある。

それを見たローゼアは、気付けば拳を握っていた。

「頑張れ！——兄さんッ!!」

皆が見つめる中、激しい攻防は続く。

攻守が逆転し、一撃が肌を打ち、傷は癒えても内側にはダメージは通っていく。

結果として、ヘルベルト……ではなく彼が持つ剣にガタが来た。

そしてそれからすぐ、マーロンの持つ模造刀も柄《つか》を残して消えた。

近距離で魔法戦をするのは、自分達の望むところではない。

今の二人が望んでいること、それは——全力を出した目の前の好敵手を、己の全身全霊で打ち破ることである。

気付けば二人は後退し、ステージの端に寄っていた。

交差する視線。

言葉にせずとも、お互いとも限界が近いのがわかった。

恐らくは次の一撃が、最後のものになるだろう。

「……」

シン、とした静寂。

誰もが言葉を失い、物音一つ立てようとはしない。

ヘルベルトとマーロンには、お互いのことしか見えていなかった。

彼らは今の自分が使える最大の一撃を放つため、魔法発動のための精神集中を始めた。

「すうっ……」

「ふうっ……」

深呼吸するヘルベルトと、瞑想《めいそう》をするマーロン。

二人の全身から、膨大な魔力が吹き上がる。

魔法発動の際に身体から漏れ出る魔力だけで、思わず息が詰まりそうな濃密さだった。

渦、渦、渦。

魔力に煽《あお》られる形で、ステージの砂が巻き上がっていく。

とぐろを巻く砂嵐の中心には、その影響を受けぬ二人の姿。

二人とも、一心に精神集中を続けている。

一瞬にも永遠にも思える時間が過ぎてゆく。

するとピタリ、と周囲で渦を巻いていた砂嵐が消える。

観客にも露《あら》わになった二人は目を開き、お互いのことを見つめていた。

そして――。

「――オーバーレイ！」

「――アンリミテッドピリオド！」

己が放つことのできる最高の一撃同士が、激しくぶつかり合う。

「はあああああっっっ!!」

マーロンの右手から、極太の光線が飛び出していく。

ヘルベルト目掛けて飛んでいくそれは、直視できぬほどに眩《まぶ》しい輝きを放つ、白の暴威だった。

収束され放たれる光の束は破壊を齎《もたら》し、地面をまくりあげ、周囲に衝撃波を撒《ま》き散らしながら進んでいく。

――マーロンがこの大会のために用意してきたとっておき。

それこそが上級光魔法であるオーバーレイだ。

このリンドナー王国には、かつて系統外魔法である光魔法の使い手がいたことがある。

現在では『光の救世主』と呼ばれ数多くの逸話を残している彼の人物は、幸運なことに次代の光魔法の使い手のための指南書を残した。

『光魔法とは基本的に、回復や防御といった支援系の魔法が充実している。故にそちらの方に、つい目が向きがちになってしまう』

彼はあくまでも、後方からの支援に徹した。

そして日々やって来る魔物の大群と戦う自軍の兵士達を癒やした。

しかし彼も、ただ後ろにいただけではない。

自ら陣頭に立つこともあったし、一騎打ちで凶悪な魔物を倒したこともある。

指南書はこう続いていた。

『だが光の本質は明るさそのものである。照りつける陽光が作物を枯らすように、光は扱う者によっては凶器にもなる』

光の誘導放出を利用し、それを発振させることで放たれる光線。

剣の刀身に光を固定し、レーザーブレードを放つ魔法が中級光魔法であるコンヴィクトソードである。

それの発展系である魔法こそが、上級光魔法であるオーバーレイ。

刀身から伸ばした光を収束させそこから更に増幅。

光の束をいくつも重ね合わせた極太のレーザー光線を放つ魔法である。

「おおおおおおおおっっ!!」

マーロンの攻撃に対抗するようにヘルベルトが放つのは、虹色の輝きを伴う光の奔流であった。

――上級時空魔法、アンリミテッドピリオド。

これはヘルベルトが初めて習得に成功した、純粋な攻撃用の時空魔法である。

上級時空魔法は、どれもこれも癖が強く習得まではかなりの時間がかかりそうだった。

未来からの手紙にはその習得方法が書かれてはいるものの、一筋縄ではいかなそうなものばかり。

まずはどれか一つに絞ってやるのがいいだろう。

そう考えたヘルベルトが本腰を入れて訓練を続け、ようやく使えるようになった魔法こそが、このアンリミテッドピリオドである。

この上級魔法は、厳密に言えば攻撃魔法ではない。

この魔法は――相手を攻撃する攻撃魔法ではなく、ヘルベルトが指定した任意の空間を抉《えぐ》り取り、亜空間へと送り込む時空魔法である。

虹色の光の奔流は空間を削り、こそぎ取り、掻《か》き毟《むし》る。

食らった者は、攻撃を食らった部位をこことは異なる、ヘルベルトが別に作り出している亜空間へと切り離される。

当然だが腕のある空間を削られれば腕は消え、心臓のある空間を削ればその生物は活動を止める。

魔法を食らわせることさえできれば、理論上はドラゴンのような最強クラスの魔物すら屠《ほふ》ること
ができる、ヘルベルトの文字通りの必殺技だ。

亜空間生成、この空間から亜空間への対象の移動、そして微細な魔力コントロール。

この全てをこなしながらでなければ発動ができないため、今もヘルベルトはこの魔法を制御する
だけで精一杯な状態だ。

両者が己の意地をかけて、魔法を発動させる。

普通の相手であれば食らった瞬間に死んでしまうような攻撃を容赦なく放ち続けることができる
のは、相手の実力をしっかりと信頼しているが故。

「いい加減……諦めろっっ!!」

「それは……こっちの、セリフだっっ!!」

マーロンが生み出す光を、ヘルベルトが空間ごと抉り取り、飲み込んでいく。

生み出しては消え、また生み出されては打ち消される。

一進一退の攻防が続く。

マーロンの発動するオーバーレイは、その性質上攻撃の軌道を変更することができない。

そしてヘルベルトは、己の空間把握能力と空間掌握能力の都合上、限られたスペース内でしかア
ンリミテッドピリオドを発動させることができない。

両者の攻撃は互いを飲み込み、食いつくさんと進み続ける。

白色と虹色、目もあやな光の奔流が会場を包み込み、ステージ上をまばゆく変えていく。

ピシッ、ピシピシッ！

二人の攻撃の余波で、会場が悲鳴を上げ始めた。

しかし、攻撃をすることで精一杯の二人はその事実に気付かない。

また、試合中止の声が響くこともなかった。

――この戦いを最後まで見届けたい。

皆がそう思ってしまうほど、ヘルベルト達の戦いは会場を魅了していたのだ。

ここにいる者達は、皆優れた魔法の使い手達だ。

会場の保守や要人の護衛、果てにはその要人達までが皆会場を魔法で補強し、攻撃の余波を防いでみせた。

「はあああああああっっ！」

「ぜあああああああっっ！」

――光の爆発。

視界が暴力的なまでの光で埋め尽くされ、皆が揃《そろ》って目を閉じる。

静寂。

一切の音がこの世界から消え失せたかのような静けさが、全てを支配していた。

呼吸するのも忘れ、観客達は瞼《まぶた》を開き、勝敗を見届ける。

そしてそこには……。

脱力し、地面にくずおれるマーロンと。

「また……俺の、負け、か……」

「ぜえっ、ぜえっ……」

同じく今にも倒れてしまいそうになりながらも、なんとか立ったまま意識を保っているヘルベルトの姿があったのだった。

「勝者——ヘルベルト・フォン・ウンルーッ！」

(勝った、か……)

剣を杖《つえ》のように使い、なんとか立っているのがやっとという様子のヘルベルト。

マーロンに勝ち、『一騎打ち』で優勝した……それはヘルベルトにとって、いくつもの意味を持つ。

未来の自分からの手紙を受け取って、付け焼き刃でなんとかしたかつての決闘とは違う。

今回は相手の動きを事前に教えてもらえていたからこそなんとかできたあの時とは違い、最初から最後まで、お互い全力でぶつかり合った。

剣技、魔法、そして隠しておいたとっておき……一切の出し惜しみはなかった。

『一騎打ち』で優勝するということは、この『覇究祭』でC組が一位になったことを意味している。

それは今まで疎まれ、遠ざけられていたヘルベルトが自身の手でもぎ取った、初めての集団での勝利だ。

ヘルベルトはグッと拳を握り、それを高く掲げた。

会場が沸き、皆の声援が染み渡っていくかのように、全身が全能感で満たされていく。

（あれ、なんだか、眠く……）

けれどどうやら戦いの疲労が今になって襲ってきたらしい。

脳内麻薬はすぐに底をついてしまったようで、ドッと身体に急激に重みが増していく。

そしてヘルベルトは——そのまま目を瞑《つぶ》り、地面に倒れ込んだ。

「——ヘルベルトッ！」

意識を失う寸前、誰かが自分の名を呼んだ気がした。

けれど流石のヘルベルトも限界を超えて戦った疲労に抗《あらが》うことはできず、その意識は暗闇に飲み込まれていく——。

「ん、ここは……？」

意識を取り戻すと、そこには真っ白な天井があった。

自分はベッドに横になっており、くるりと見渡せば白い布による仕切りが見える。

「病院……いや、保健室か」

「あら、ようやく目が覚めたの」

ヘルベルトが覚醒したのを目敏《めざと》く発見した保健室の先生が、仕切りをめくり中へと入ってくる。

妙齢で出るところは出た保健室の先生――ルバイテン先生は、その見た目の大人っぽさとスタイルの良さ、目元にある泣きぼくろ、未亡人属性と年上女性が持てるあらゆる属性を兼ね備えているため、男子学生から最も人気の高い先生だったりする。

「俺が意識を失ってからどれくらい経った」

「ふむ、意識の混濁や思考の乱れはないみたいね。安心して、三十分前後しか経ってないわ」

「となると、そろそろ後夜祭が始まる頃か……」

『覇究祭』は全ての競技が終わり、クラスごとの点数からなる学年優勝、総合点からなる総合優勝の開示が終わった時点で終了する。

三十分も経っていれば、どれだけ段取りが悪くとも結果発表は終わっているだろう。

「一応マーロン君に魔法を使ってもらったんだけど、体調はどう？」

「……ふむ」

立ち上がり、拳を握ってから身体を軽く動かす。

剣はなかったので無手のまま素振りをし、軽く風魔法を使って魔力行使にも問題がないことを確認した。

どうやらマーロンは既に目を覚まし、保健室を出ているらしい。

試合に勝って勝負に負けた感じがしなくもない。

「ちょっと、怪我人なんだから安静にしときなさい！」

「問題ない、怪我には慣れている」

やいのやいの言うルバイテン先生は無視して、ヘルベルトは保健室を出る。

保健室の先生の色香を前にしても、ヘルベルトはまったく動じることはなかった。

『覇究祭』が終われば、小休止を挟んでから後夜祭が始まる。

王国中の貴族が自領の特産品を提供したり、また見栄《みえ》っ張りな貴族達が気前よく寄付をしたりするため、規模と出てくるもののグレードも高くなっている。

おかげで生徒達からもかなり人気があり、今頃会場の内で外で楽しみ始めている時だろう。

一通り食事に舌鼓を打てば、最後にはキャンプファイアの催しがある。

異性同士が手を取り合って、たき火の頼りない灯《あか》りの下でダンスを踊るのである。

未だ社交界に慣れていない未来の貴族達の拙《つたな》い踊りも、揺れる炎と星空の輝きで照らされればそれなりのものに見える。

（一緒に踊った相手とは、今後も悪くない関係を築ける……だったか）

リンドナーは王女や公爵家嫡男など、通う貴族の子弟達の地位もかなり高い。

そのため魔法学院の中ではかなりお堅めであり、他の学院とは違って、ダンス相手に告白をすれば成功するなどといった俗っぽいジンクスはなかった。

既に日は沈んでおり、ところどころに点在する灯りの中で生徒達が思い思いに後夜祭を楽しんでいた。

お目当ての人物を探すが……いない。

探し歩きながら、道行く人達と軽く会話をする。

クラスメイトも、そうでない人達も。

上級生も同級生も、ヘルベルトのことを認めてくれていた。

嬉《うれ》しく思うのだが、恐らくプライドが邪魔をして素直に気持ちを表現することはできないだろう……と、自分では考えていたのだが。

「ありがとう。このヘルベルト・フォン・ウンルーは……今後とも皆の期待に添えるよう、精進していくつもりだ。引き続き、よろしく頼むぞ」

そう口にして笑うヘルベルトの態度は、今まで見せたことがないほどに純朴で、そして眩しかった。

ヘルベルトはすぐに歩き出し、その背中はどんどんと小さくなっていく。

その様子を見て呆気《あっけ》にとられていた生徒達は、ぽかんとした顔をして。

「……ヘルベルトって、あんな顔もできるんだな」

「イケメンの笑顔……プライスレス」

そして落ち着いてから、再度ヘルベルト率いるC組の学年優勝を称《たた》えるのだった。

ヘルベルトは周囲に視線を向けながら小走りになっていたが、相変わらず探し人は見つからない。

だがその代わりに、二番目に会いたいと思っていた男を見つけた。

「さっきぶりだな、マーロン」

「……ヘルベルト」

「また俺の勝ちだな」

「……そうだね」

フンッと鼻息を吐き出すヘルベルト。

前はものすごく太っていた分肺活量もすさまじかったので、本当に豚のようだったが、今のヘルベルトがするとそんな仕草もずいぶんと様になって見える。

マーロンの方は樹《き》によりかかりながら、コップを持っていた。

ヘルベルトとは目を合わさず、ゆらゆらと揺れている炎を見つめている。

ヘルベルトもそちらを向いてみると、そこかしこで踊っている男女のペアがあった。

ただ言い伝えがあやふやだからなのか、同性同士で踊っている者達も結構な数がいる。

音楽はどこから聞こえているのかと思ったが、どうやら魔道具を使っているらしい。

少しざらついた管弦楽器の音が、あたりに響いていた。

「……」

「……」

二人の顔はキャンプファイアの炎に照らされて、オレンジ色に光っている。

お互い何も言わず、ただ黙っている時間。

本来なら退屈さや気まずさを覚えるはずのそれも、マーロンと居る時は不思議とそうは感じなかった。

「前と違って……」

「おう」

「不思議と負けても悔しさは感じなかったよ」

「……そうか」

特待生のヘレネとの悶着《もんちゃく》で戦うことになった最初の決闘。

あれがなければヘルベルトは廃嫡され、婚約を破棄され、辺境の地で時空魔法に目覚めるまで、くすぶった日々を過ごすことになっていただろう。

未来の後押しがあり、あそこで踏みとどまることができたからこそ、今こうしてこの場所に立つことができている。

「行かなくちゃいけない場所があるんだろ？」

「……ああ」

変わらなければ変わらない。

それがわかったからこそ、ヘルベルトは己を変えた。

戦い続け、魔法を鍛え、そして精神面でも成長した。

だが自分で変わったと思うだけではダメだ。

結果を出さなければ、変わったと認められることはない。

だからヘルベルトは、『覇究祭』で皆を引っ張った。走り続ける己の背中を、級友達に見せることで。

頑張ってきたことへの答えが、マーロンへの二度目の勝利。

そして学年優勝という結果である。

結果を出したヘルベルトがやりたいこと、やらなければいけないと思っていることはいくつもある。

けれど今真っ先に、この気持ちと情熱をぶつけたいと思える人は、たった一人。

「彼女なら闘技場にいるよ」

「……そうだったのか」

「どこかで走り回っている誰かさんを、彼女はそこで待っている」

「――感謝するッ！」

それだけ言うと、ヘルベルトは駆けだした。

そして彼の向かう先には――。

「はあっ、はあっ、はあっ……」

「……ヘルベルト」

自分が探し続けていた人がいた。

ネル・フォン・フェルディナント。

自分がどれだけひどいことをしても見限らず、自分の婚約者でい続けてくれた最愛の人。

既に愛想は尽かされているのかもしれない。

全てはもう遅いのかもしれない。

けれどそれでも、ヘルベルトはネルへと近付いていく。

やらない後悔よりも、やってする後悔だ。

そう自分を奮い立たせ、ヘルベルトは手を伸ばせば届くほどの距離まで近付いた。

そして……。

「ネル、俺はお前を――愛している。もう手遅れかもしれないが……気持ちが少しでも残っているのなら、婚約を解消しないでほしい。そして俺と共に、同じ道を歩んでほしい」

ヘルベルトは彼にしては珍しく、少しだけ曖昧で自信なさげな様子で、告白をするのだった――。


ネルは一人、闘技場の観客席の上に立っていた。

中でも真ん中あたりにある入場口から少し進んだ、柱の陰。

自分の身を隠せるその場所が、彼女の特等席だ。

「……」

既に日は暮れ、空には星が瞬き始めている。

夜の帳《とばり》が降り、冷たい風が彼女の真っ白い頬を撫《な》でる。

撫でつける風にたなびく髪をそっと押さえながら、息を吐く。

気温が下がっているが、まだ息が白くなるほどではないらしい。

けれどずっとこの場にいたせいかかなり身体は冷えており、指先がかじかんでいるのがわかった。

だがそれでもネルはこの場所を立ち去ることはなく。

何も語らず、ただ黙ったまま、一人闘技場のステージをジッと見つめていた。

（『覇究祭』が終わり、後夜祭が始まっている。でも正直……参加する気分にはなれない）

自分が所属するA組が学年二位で終わったことはどうでもいい。

いや、別にどうでもいいわけではないのだが……もっと切羽詰まった事情があるということだ。

ヘルベルトが率いるC組が学年優勝を果たした。

それはつまり彼が以前より公言していた『学年優勝をしたらネルに告白する！』という目標が、達成されることを意味している。

もしA組の皆がいるあたりで後夜祭を過ごしたら、まず間違いなくヘルベルトはやってくるだろう。

そして衆人環視の中で、それでも堂々と告白をしてくるだろう。

ヘルベルトという人間はそういう男だ。

彼はいつも自信に満ちていて、自分が正しいのだと信じて疑っていない。

それがいいか悪いかは賛否両論分かれるところだろう。

そのせいで迷惑を被ってきたネルは、もちろん否の側である。

ただしたまに賛成側に回ることもあるというのが、女の子の難しいところでもあるのだが。

(でもヘルベルトが告白をしてきたら……私はなんて答えればいいんだろう)

きっと……いや間違いなく、ヘルベルトは自分が告白を断られるところなど想像すらせずに好意を打ち明けてくるだろう。

彼の気持ちに対し、自分はどんな答えを返すべきなのか。

この闘技場にやってきてからというもの、ネルはそればかりを考えていた。

考えがグルグルと頭の中を巡るが、なかなか答えは出てこない。

遠くからは、後夜祭を楽しむ生徒達の声が聞こえてくる。

ネルはああいう人ごみはあまり得意ではない。

そういう意味ではここにいる口実ができて、助かった面もあるのかもしれない。

(私、は……)

ヘルベルトに対するネルの気持ちは複雑だ。

最初は大好きだった。

次に大嫌いになった。

そして今は……一体どっちなのだろう。

自分の気持ちに名前を付けることもできぬまま、時間だけが過ぎていった。

気付けば、この闘技場へ足を運んだ回数は十を超え、二十を超え……来る度に、ヘルベルトのことを目で追っていた。

ヘルベルトは変わった。それは紛れもない事実だ。

彼はまだ二人の婚約が決まったばかりの頃の——あの自信に満ちあふれ、自分が願ったこと全てを叶《かな》えてしまう人へと戻っている。

であれば、自分は……？

その問いに答えを出すことができぬうちに、ダダダダダッと階段を上る音が響いた。

「はあっ、はあっ、はあっ……」

「……ヘルベルト」

今のヘルベルトは、豚貴族と呼ばれていた頃の面影など微塵《みじん》もない、眉目秀麗な美少年へ変貌している。

その白皙《はくせき》の美貌は以前よりいや増し、最近は男らしさも兼ね備えるようになっている。

ヘルベルトを見てキャーキャーいう学院生達が現れだしたのも、頷《うなず》ける話だと思う。

こうして面と向かうと、その端整な顔立ちにやられる人も多いのだろうなとは容易に想像がついた。

ただネルは、ヘルベルトの見た目や体型はさほど重視していない。

更に言えば父がよく言う遺伝する魔法の才能や、ヘルベルトが持っているらしい系統外魔法の才能についても、実はそれほど重要視していない。

そんなものよりも大切なものがあると、彼女は信じていた。

ネルはヘルベルトを見つめる。

ヘルベルトがそれを見つめ返した。

何を言われるかはわかっている。

どんな風に言われるかもわかっている。

ネルは全てをわかった気になっていたが……その予想は半分当たって、半分外れた。

「ネル、俺はお前を——愛している。もう手遅れかもしれないが……気持ちが少しでも残っているのなら、婚約を解消しないでほしい。そして俺と共に、同じ道を歩んでほしい」

そう言ってヘルベルトは、頼りなさそうに手を差し出してくる。

その自信のなさは、不安の表れだ。

彼でも不安になることがあるのか。

そしてそんな風にいつも自慢げな彼を不安にさせているのは、自分なのか。

心の片隅で、暗い喜びが渦を巻く。

けれどネルはそんな薄暗い気持ちをすぐに掻き消した。

ヘルベルトと向かい合うのに、そんな気持ちは不要だとわかっていたから。

「私はヘルベルトが嫌いです」

「そうか」

「嫌い……でした」

「……そうか」

「……」

「……」

沈黙。

数時間ほど前までは熱狂の渦に包まれていたはずの闘技場が静寂に包まれる。

外から聞こえる管弦楽器の音。

どうやら目玉であるキャンプファイアが始まったようだ。

お互い黙っている。

黙ったまま見つめ合っているのは流石に気まずかったので、自然二人の視線は空に浮かぶ星々に移っていた。

「とりあえず……出ましょうか？」

「そうか？」

「はい。そのまま皆と一緒に……踊りましょう」

「――ああっ！」

一緒に踊った相手とは、今後も悪くない関係を築ける。

そんなジンクスを孕《はら》んだダンスの催しに共に参加する。

その意味がわからないヘルベルトではない。

ヘルベルトは童心に返ったような笑みを浮かべた。

どうやらネルの答えを聞いてはしゃいでいるらしい。

（もう、本当に……子供なんですから）

踊ることで頭がいっぱいになっているせいで、その足は速く。

ヘルベルトに手を引かれている形のネルは、小走りにならなければいけなかった。

一つのことしかできないけれど、それをしている最中は誰よりも真っ直ぐに突っ走ることができる。

ネルはヘルベルトのそんなところに――惹《ひ》かれたのだ。

ネルが駆けながら、笑う。

そのくしゃっとした笑みを見てヘルベルトは驚き、声を出して笑う。

笑うと途端に不細工になる、ネルの笑顔。

ずっと見たかったそれをまた見ることができた。

それなら自分がしたことはやはり間違いではなかったのだ。

ヘルベルトは満面の笑みを浮かべながら、ネルを連れてキャンプファイアの会場へと向かうのだった——。


『覇究祭』とは本来、これからのリンドナー王国の未来を担うことになる少年少女達の成長を確認するためのものだった。

それは保護者が行う授業参観のようなものでもあり、他国の人間にリンドナーの将来性を見せつけるためのデモンストレーションの場でもあり、同時に様々な人達が会話をし触れ合う交流の場でもあった。

けれど今年の『覇究祭』の影響は、これまでのものとは一線を画していた。

リンドナー王立魔法学院に、二人の系統外魔法の使い手がいるという事実。

これが皆に、何よりも強烈なインパクトを与えたのだ。

一人は『光の救世主』の後を継ぐことになるであろう、光魔法の使い手であるマーロン。

そしてもう一人は、そのマーロンを下して見せた謎の魔法の使い手であるヘルベルト。

最終種目である『一騎打ち』の結果は、そこへやってきていた貴族達を仰天させ、王国の明るい未来を想像させた。

そして『覇究祭』の影響が及ぶのは、現地で見学していた者達だけではない。

その影響は更に拡散し、各地へと波及していくことになる。

「うちの『覇王祭』よりも盛り上がった体育祭があるだと!?　納得いかんぞ！　む、何、系統外魔法の使い手だと……？──面白いッ！　生徒会長の俺が直々に調べてやろうじゃないか！」

それは例えば、同じ王国内にある魔法学院の生徒であったり。

「陛下、お耳に入れたい話が」

「疾《と》く申せ」

「はっ──王国に系統外魔法の使い手が現れたという情報が」

「何だと……？　詳細を」

「──はっ！」

──またそれは、リンドナー王国と国境を接している帝国の皇帝の耳にまで届いていた。

けれどそれらがヘルベルトに直接的に影響を及ぼすのは、まだまだ先の話。

今の彼にとって最も大切なのはやはり……。

「ふぅ……」

「お疲れ様、あなた」

マキシムは椅子に腰を下ろすと、自分の眉間の皺《しわ》をもみほぐす。

その様子は仕事疲れをしているお父さんそのもの。ほつれ一つないはずの彼の一張羅が、妙にくたびれて見えている。

彼の目の前にスッとワインを差し出すのは、妻であるヨハンナだ。

マキシムの方も何も言わず、差し出された杯に口をつけた。

すぐに酔ってしまう彼に配慮した、甘口ワインのお湯割りだ。

そこら辺は流石の夫婦、阿吽《あうん》の呼吸が合っている。

ゴッゴッと音を鳴らして一息に飲み干してしまったマキシムは、少し赤くなった頬で己《おの》が妻の方を向く。

「大変だったよ、まったく」

「でも良い疲れか悪い疲れかで言えば、前者でしょう？　顔から喜びが隠しきれてないもの」

「まあ……そうだな。我が子のことを誉《ほ》められて嫌な気分になる親はいないさ」

マキシムが疲れているのは、『覇究祭』が始まってからというもの、ヘルベルトに関する質問や問い合わせがひっきりなしに続いていたからだ。

マキシムはヘルベルトが持つそれが時空魔法であることは濁しつつ、けれど系統外魔法であることだけは匂わせ続けながら上手いこと追及の手をかわし続けていた。

まあ、あの『一騎打ち』の決勝戦の前では隠すことにどれほどの意味があるのかは微妙なところではあるのだが……。

「しかしすごかったなぁ……」

「すごかったとしか言えないわよね……私なんか、何をやってるのかすら全然わからなかったわ」

「二人が決め技を隠しながら戦い続けた序盤戦。切り札を出して相手を倒しに行く中盤戦、そして高度な魔法の応酬の末に最終的には両者の大技を使って勝負を決めた終盤戦……どこを切り取っても魔法学院の歴史に残るレベルの戦いだったと思うよ、あれは」

最低限の自己鍛錬は怠ってはいないが、少し現役から離れている今の自分がやったとして、果たしてどこまで敵《かな》うものか。

もしヘルベルトから稽古の申し出が来ても断ろうと考えるくらいに、あの決勝戦は学生の域を逸脱した戦いだった。

「そういえばローゼアの方も、ヘルベルトと話をしたそうよ」

「そうか……どうだった？」

息子同士の問題なのだから、下手に首を突っ込まない方がいいだろう。

一瞬そんな考えが頭を過《よぎ》ったが、ことが家族全体に関わる問題のために、流石に詳しく聞かざるを得なかった。

「私もあんまり詳しく聞いたわけじゃないの。でもローゼアが……今度ヘルベルトとご飯を食べる時は、自分も一緒にって」

「そうか……そうか……」

関係が完全に修復できたのかはわからないが。

とりあえず前進したのは間違いないらしい。

こういうことは急いでもいいことはない。

自分達は優しく見守るべきだろう。

だがなんにせよ、ローゼアとヘルベルトの仲が良くなるのなら万々歳だ。

うんと一つ頷いたマキシムは立ち上がり、そのまま自室へと戻ることにした。

色々とほっぽって出掛けてしまった分、今日は睡眠を削ることになるだろう。

気合いを入れるために頰を軽く叩いたマキシムの目に、机の上に置かれた一枚の手紙が映った。

彼はそれを見て、はぁと大きなため息を吐《つ》く。

「……あいつもあいつで、忙しい奴だ。少しは静かにしておくこともできないのか」

その手紙の差出人はヘルベルト。

そしてその内容とは……夏期休暇期間中の外出許可である。

リンドナー王立魔法学院の夏休みが始まる。

そしてそれはヘルベルトにとっての……新たな冒険の始まりでもあった。

ウンルー公爵家筆頭武官であるロデオ。

高給取りである彼の家は有事の際にすぐに向かうことができるよう、ウンルー公爵家の屋敷からほど近い場所にある。壁や屋根の色も地味で、中にある家具も安物で済ませていたそのこぢんまりとした家が、彼は嫌いではなかった。

元々冒険者としての暮らしの方が長いロデオからすれば、公爵領の方にある本邸の方は大きすぎてむしろ落ち着かないのだ。根が庶民なので、本邸では広すぎる自室を二つに区切って生活しているほどだった。

雨風をしのげる屋根があれば、後は大した問題ではないというのが彼の個人的な考えである。

ちなみに彼の妻は王都の質素すぎる家があまり好きではないらしく、定期的に公爵領へ戻ろうと誘ってくる。

基本的にロデオの都合はマキシムに合わせる形になるので、その願いが叶《かな》うことは滅多にない。

今ロデオは自室で立ち上がり、腕を組んでいた。

「ティナ、お前に話がある」

「はい、なんでしょう父上」

彼が見つめる先には、仕切りのカーテンを背にしている一人の女子の姿があった。

その背丈はロデオよりわずかに低く、瞳は剣呑《けんのん》。

腰に提げた剣が飾りでないことを示すように、その手にはいくつもの剣ダコができている。

ロデオと同じ髪の色をした彼女の名前はティナ。

未《いま》だに反抗期らしい反抗期を迎えることもないまますくすくと成長してくれた、ロデオの自慢の娘である。

ただ剣の師であり精神的なメンターでもあるロデオの言うことを基本的に聞く彼女であっても、一つだけ反抗することがあった。

「そろそろ若と……」

「嫌です」

「そう意地を張らず……」

「無理です」

「ティナだって本当は……」

「拒否します」

それはヘルベルトに関連すること――より具体的に言うなら、ロデオからのヘルベルトと仲直りするようにという言いつけである。

取り付く島もないとはこのこと。

基本的には従順なティナだが、ことヘルベルトに関しては異常なまでに頑固だ。

その原因はヘルベルトにあるとはいえ、ロデオとしてはほとほと困っていた。

ロデオはティナに、自分の跡を継いでほしいと思っている。

つまりは自分とマキシムの関係のように、彼女にはヘルベルトを支える武官として生きてほしいと思っているのだ。

けれどティナの方は、マキシムに忠誠を捧《ささ》げることはしても、ヘルベルトに頭を下げることはできないと頑《かたく》なだった。

そんなことをするくらいなら冒険者にでもなるか、余所《よそ》の騎士団に行き、己の剣の腕一つで身を立てる。彼女はそう言って断固として譲らない。

それができてしまうだけの強さがあるのも問題だった。

ロデオが幼少期から叩《たた》き込んだ剣術のせいもあり、今の彼女は同年代では頭一つ抜けた強さを持っている。

下手に刺激をすれば、本当に出て行ってしまいかねない。

ロデオとしては頭を抱えるしかなかった。

今まではヘルベルトの話題を意図的に避けていたからこそ、なんとかなっていた。

しかし今後のことを考えれば、そういうわけにもいかない。

（若はまず間違いなく、数多《あまた》の困難に直面することになる。時空魔法の使い手である賢者マリリン

が各地にどれだけの伝説を残したか）

ヘルベルトが使えるのが時空魔法であることが知れるのはまだ先の話だろうが、今後彼には王国からの期待が重くのしかかることになる。

マーロンは共に競い合い、高め合う相手としては最適だろう。

だが今のヘルベルトには、背中を支え合う戦友はいても、戦場で常に側《そば》に居て支えてくれる存在がいない。

ヘルベルトが潰れてしまわないように、彼が道を違《たが》えてしまわないように。

以前の仲の良かった頃を知っているというのもあるだろうが……ティナにヘルベルトの側に居てほしいと、ロデオはそう心から願っていた。

親の欲目というのもあるだろうが、ティナには才能がある。

ヘルベルトと共に歩めるだけの剣の天賦の才を、彼女は持っている。

その剣才が最も活《い》かせるのはきっと、彼の隣であるはずだ。

それに……。

「ティナは若の試合は見たか？」

「見ました、一応全試合」

「そうか、それなら俺の言葉が間違っていないという理由もある程度は理解できるはず。それができぬほど愚鈍に育てた覚えはない」

「……」

ティナの方も、まったくの無関心という訳ではないのだ。

ネルやローゼアがそうであったように、彼女もまたヘルベルトのことをどこか目で追っている節がある。

今後二人の関係が自分が望むものになるにせよ、そうでないにせよ。

一度しっかりと話す機会は持つべきだ。

ロデオはマキシムから手渡された手紙を、ティナに渡す。

「これは……？」

「ウンルー公爵からの指令書だ。夏期休暇中、息子であるヘルベルトの護衛をせよ……とな」

「……」

「公爵直々の命令だ。騎士見習いのお前に、断る理由はあるまい？」

「……はい。謹んでお受け致します」

こうしてヘルベルトが長期休暇を過ごすメンバーが新たに一人追加されることとなる。

父であるロデオから騎士のなんたるかを教わった、騎士見習いのティナ。

彼女が自分の胸にあるもやもやを消化しきれぬうちに時は流れ。

そして一学期の終業式の日がやってくることとなる――。

リンドナー王立魔法学院の期末考査が終わった。

今日は試験の成績の発表日であり、同時に一学期が終わりとなる終業式の日でもあった。

この学院では、終業後は大体一ヶ月前後の休みが入ることになっている。

筆記と実技、二種類の期末考査で良い成績を取るため、必死になって勉強を続けた生徒達《たち》へ送られるささやかなプレゼント。

その使い道は、人によって様々だ。

「なぁ、ゴレラーは夏休みはどこかに行くのか？」

「僕は……実家に帰るよ。家業の手伝いしろって親父《おやじ》からせっつかれてるから」

「はぁ〜、行商人の息子ってのは大変なんだなぁ」

「貴族としての収入なんか限られてるからね……」

最後の授業も終わり、校長の長ったらしいスピーチという苦行を乗り越えた彼らはようやく肩の荷を下ろして落ち着くことができる。

学院生の皆は、クラスごとにまとまりながら、外庭で成績発表が始まるのをそわそわしながら待っている。

リャンル、ゴレラー、アリラエの三人は以前と同様、三人でグループを作ってつるんでいた。

結局のところ、この三人で一緒にいるのが落ち着くのだ。

けれど以前とは違い、クラスでの居心地はそう悪いものではない。

『覇究祭』での頑張りは、たしかに良い影響を与えてくれていたのだ。

隅の方で話していたリャンル達に、クラスメイトの一人が話しかけてくる。

「リャンル達は夏休み、どうするんだ？」

「基本的には実家に帰ってのんびり過ごす予定だよ。約一名、のんびりと過ごせないやつもいるみたいだけど……トッドは？」

「俺？　俺はバカンスだよ。父さんが持ってる地方の別荘に皆を呼んで遊ぶんだ」

「やっぱり上級貴族はすごいなぁ……」

以前と違い、リャンル達は煙たがられるようなこともなく、クラスにしっかりと溶け込んでいた。

不良が捨て猫を拾うと一気に評価が上がるのと同じように、今まで非行少年だった彼らの『覇究祭』での頑張りは、マイナスがあった分より高く評価されていたのだ。

もちろんそれで今までの負債がチャラになるわけではないが、それでも以前のように煙たがられることはなくなった。

「良ければお前達も来るか？」

「えっ、いいの？……ああ、僕仕事で行けないんだった……」

「のんびり過ごせない一名はゴレラーだったか……他の二人は？」

「日取りによるな」

「リャンルと同じで、俺も何日か予定があるかな」

「オッケー、それならまた後で連絡するよ」

今ではこうして、遊びの誘いを受けるほどにまで仲は進展していた。

話をしている感じ、誘いも社交辞令というわけではなさそうだ。

恐らくは夏休みに一度か二度くらいは、遊びに行くことになるだろう。

（それもこれも、ヘルベルト様のおかげだな……）

元々商人などから成り上がった、いわゆる新興貴族であるリャンル達は、クラスの中ではみ出し者だった。今こうして曲がりなりにも上手《うま》くやっていくことができているのは、間違いなくヘルベルトの功績だ。

ヘルベルトが変わったおかげで、クラスの雰囲気も、リャンル達の立場も変わった。

それが皆にとって良い変化なのは、誰にとっても疑いようのないことだった。

学院生の皆は、どんな風に夏休みを過ごすかで頭がいっぱいになっている。

けれどその前に、成績発表だ。

ゴロゴロとキャスターのつけられた板が、何十枚とやってくる。

実力主義のリンドナー王立魔法学院では、総合点の高かった順に順位付けがなされる。

もちろんそれが社会に出る際に重要視されるのは、言うまでもない。

上には布がかけられており、中は見えないようになっていた。

皆が黙って、成績が開示される瞬間を待つ。

教師達が時計を見つめ――そのままバサッと布をめくる。

生徒達は、他の生徒が見えなくならないよう張られたロープの前で自分の名前を血眼になって探し始める。その中には当然ながら、リャンル達の姿もある。

そして悲喜こもごもの声が、あちこちから上がるのだった――。

「ふむ……」

そして、開示の時間から少し間隔を空けて、ヘルベルトも成績発表の会場へやってきていた。

既に発表からある程度時間が経《た》っているため、人は疎《まば》らになっている。

押し合いへし合いしながら、必死になって自分の名前を探すのはエレガントではない。

訓練や鍛錬を除けば優雅でないことをするつもりのないヘルベルトは、当然左側――成績上位者順から己の名を探し始める。

筆記試験も実技試験も、今のできる全力で挑んだ。

一切妥協もせず、最高のパフォーマンスが出せるギリギリの努力を重ねた。

ヘルベルトは己の名を探す必要はなかった。

己の名が……一番上に記されていたからだ。

リンドナー王立魔法学院、一学期期末考査総合一位――ヘルベルト・フォン・ウンルー。

その文字列を見たヘルベルトは、思わず内心でガッツポーズをした（もちろん格好悪いので、実際にすることはない)。

見れば二位のマーロンとの差は、ごくわずかだった。

だが何にせよ、また白星を挙げることができた。

総合力で学年一位を取るのは、『一騎打ち』での優勝とはまた違った達成感がある。

満足げに頷《うなず》くヘルベルトが下の方の順位に目をやると、三位にいたのは王女イザベラだった。そして四位の欄にはネルの名が記されており、上位陣はヘルベルトを除き、いつものメンバーで固定されている。

今回はそこにヘルベルトが食い込んだ形だった。

もちろん、今回の一度きりで終わらせるつもりはない。

まぐれと言われることのないよう、今後も学年一位をキープするつもりだ。

「負けてしまったな」

「これは……イザベラ王女殿下」

「イザベラで構わぬ」

既に終業式は終わっているため、成績の確認を終えればそこから先はもう夏休みだ。

そのままとある場所へ出向こうとしていたヘルベルトに声をかけてきたのは、リンドナー王国の王女でもあるイザベラだった。

「次は負けぬぞ」

「受けて立ちましょう……イザベラ」

以前はネルもイザベラも自分を見てくれぬと荒れていたヘルベルト。

心を入れ替えて必死に頑張って結果を出す。それだけのことでこうして自分に目を向けてくれているという事実を前に、ヘルベルトは苦笑した。

かつての自分のアホさ加減に、思わず苦みがこみあげてきたのだ。

そんな表情の変化に気付かぬイザベラが、くるりと踵《きびす》を返す。イザベラはスカートをふわりと風になびかせながら、前屈《まえかが》みになってヘルベルトの方を見上げてくる。

愛する人はネル一人だと決めている彼が思わずドキリとしてしまうほどに、その姿は可憐《かれん》だった。

「もしよければ夏休みの間に、一度遊びにでも出掛けるか？」

「もちろん構いませんよ。でも一応、ネルには事前に説明しておいてください」

「ヘルベルト、お前……既にネルの尻に敷かれているのか……」

ヘルベルトとしてはネルに妙な二心を抱かれぬようにというつもりだったのだが、どうやら妙な勘違いをされてしまった。

だがネルの尻に敷かれるのも悪くはないような気がしたので、特に否定はしなかった。

ヘルベルトの脳裏に、母であるヨハンナの言葉が過《よぎ》る。

『夫婦円満の秘訣《ひけつ》はね、妻が旦那の手綱を握ることなのよ』

その後ちょっとだけ自分がネルに手綱を握られている姿を想像し……頭を振る。

「予定は既にかなり埋まってますので、なるべく早い段階で日取りを決めてくれると助かります」

「ほう、ヘルベルトの夏の予定はどんな風になっているのだ？」

「それはもう……色々ですよ」

ヘルベルトはイザベラに別れを告げ、その場を後にする。

自身で言っていた通り、彼を待ち受けているイベントは実に数が多い。

一番初めのイベントは、終業後の今日これから始まる。

ヘルベルトの夏休みの最初の予定。

それは――ロデオの邸宅へと出向くこと。

その目的は、彼がしなければならない、過去の清算のうちの一つ。

幼なじみでもあり、かつては騎士の誓いをしてくれた少女――ロデオの娘であるティナとの仲直りである。


ティナとヘルベルトは、物心がついたころから定期的に遊ぶような間柄だった。

マキシムとロデオの家族ぐるみの付き合いがあったので、年齢は一つ違っていたが、会う機会は多かったのである。

お互いとも両親が忙しく、面倒を見てもらえないことも多かった。

二人はそんな時に一緒に遊ぶようになっていったのだ。

「はあ……つまんないな」

ティナは同年代の女子の中で、抜群に運動神経が良かった。その運動能力は間違いなく父の遺伝だろう。

おまけに彼女は将来騎士になれるよう、ロデオから早いうちに騎士として必要な技能を仕込まれていた。

当然ながら剣術の心得もあり、同年代の男子とちゃんばらをしても負け知らずだった。

けれどティナにはそんな自分の力を振るうことのできる場所と機会が、ほとんどなかった。

何故《なぜ》なら彼女は女の子だったからだ。

リンドナー王国は開明的な部分も多いが、女子は家に入って献身的に旦那を支えろという風潮は根深かった。

そのためロデオに鍛えられ生傷が絶えず、暇さえあれば剣を振っていたティナは、周囲の女の子達からはかなり白い目で見られていた。

それならばと男の子達の輪の中に入ると、彼らの中でティナは孤立した。同い年の女の子にボコボコにやられるということが、彼らのプライドをいたく傷つけてしまったからだ。

そのせいでティナは、居場所をなくしていた。

——だがロデオに育てられた彼女からすると、そのこと自体は問題がなかった。

彼女にとってはむしろ、同年代で競い合えるような存在がまったくいないことの方がよほど大きな問題だった。

「早くお父様が許可を出してくれればいいのに」

彼女はまだ幼いため、公爵領の騎士団の訓練に交ざることを許されていなかった。

幼年期に身体《からだ》を鍛えすぎると、成長を阻害する。

長年の経験則でそれを知っていたロデオは、ティナに騎士団で行うような筋力トレーニングはさせず、あくまでも剣技と精神を磨かせることに重きを置いていた。

けれど結果としてティナがやることになるのは、ずっと同じ型を身体に覚え込ませる反復練習と、騎士道のなんたるかという精神論の教授ばかり。

それは幼い子供にとっては、あまりにも退屈なものだった。

「つまんないな……」

つまらない、がティナの口癖だった。

彼女が口癖を止《や》めるきっかけになったのは、一つ年下の少年――ヘルベルトとの出会いだった。

「ほう……お前がロデオの娘か。なかなかいい面構えをしている」

初対面の人間に対して、なんて失礼な口を利くやつだろう。

会って早々尊大な態度を取られてムカついたティナは、ヘルベルトからの模擬戦の申し出を即座に受け入れた。

ボコボコにして、その自信満々の仮面を剥ぎ取り、吠《ほ》え面《づら》をかかせてやろう。

そう思い立ち、久しく出していなかった本気を出すことにしたティナ。

試合の結果は――驚くべきことに、引き分けだった。

結果だけを見ればティナの勝利だったが、二人には一歳分の年齢の開きがある。

その年齢差を加味すれば、自分の負けだ。

ティナは冷静にそう分析した。

「……あなた、何者?」

「俺はヘルベルト・フォン・ウンルー」

「――これは失礼致しましたッ!」

ウンルー家の人間、つまりは自分の父であるロデオが仕えている家の人間だ。

既に目上の人間への礼儀をロデオから叩き込まれていたティナは、頭を下げようとする。

そんな彼女にヘルベルトはひらひらと手のひらを振る。

「堅苦しい態度は取らなくていい。今後のことを考えれば邪魔だ」

「――わかった、これでいい?」

「ああ、それで構わん。同年代で俺より剣技に秀でた人間は、初めて見た」

こうしてティナは、ヘルベルトと出会った。

驚いたことに、ヘルベルトはティナと同じくロデオの薫陶を受けた人間だった。

ティナの方が教わり始めたのは早いので、兄弟子ということになる。

ロデオという共通の話題があること。

そしてお互いが、周囲の人間との稽古では物足りなくなるほどに剣の才能を持ち、競い合う相手に飢えていたこと。

二人が良き競争相手として仲を深めていくのに、そう時間はかからなかった。

それはティナが学院に入るより、二年ほど前の話だった。

「ヘルベルト様」

「なんだ、ティナ」

「騎士の誓いをさせていただきたく」

歳《とし》を重ねていくうち、ティナは父の教えのなんたるかをしっかりと理解するようになっていた。

故にヘルベルトへの態度は、既に改めている。

騎士の誓いとは、己の忠誠を捧げる相手へと剣を捧げて行う儀式だ。

ティナはヘルベルトに自分の剣を預かって欲しい――つまりはヘルベルトを自分の主としたいと申し出た。

「――ああ、構わんぞ」

「ありがたき幸せ」

「昔のように、もっと砕けた話し方でも構わん」

「それは遠慮させていただきたく」

「……そうか」

そうしてティナは己の剣を、ヘルベルトへ捧げた。

硬い口調を変えることのないその頑固さにヘルベルトが閉口した時の顔を、ティナは今でも覚えている。

ティナが入学するよりも少し前から、ヘルベルトは荒れ出した。

そしてティナはロデオ同様、ヘルベルトという人間に見切りをつけた。

全ての人間がヘルベルトという人間に期待をしなくなった。

ティナはあれだけの才能を持ちながらそれを持ち腐れにしてしまうヘルベルトのことを、心底嫌いになった。

学院に入学してからも、剣才の冴《さ》えは衰えるどころか増すばかり。

同年代どころか騎士団を見渡しても、ティナと戦える人間はいなくなっていた。

もう一度ヘルベルトと戦うことができたのなら――。

(ぎったんぎったんにしてやるのに)

そう考えたことは、一度や二度ではない。

だがそんな機会がやってくるはずがない。剣の道を捨てたヘルベルトが、剣を手に取るわけがないからだ。

けれど……。

「よし、かかってこい」

「……」

時の流れを戻し、ロデオの邸宅にて。

何の因果か……数年間の時を超え、ティナはヘルベルトと向かい合っていた。

その手には剣、視線の先にいるのは――ヘルベルト。

ティナは剣を握る手に力を込める。

そして……。

「――参りますっ！」

ティナは駆け出す。

そして両者の剣が――交差した。

学院で終業式を無事に終えたティナは、放課後ロデオに呼び出されていた。

指定されたのは、王都にある練兵場のうちの一つである。

ロデオからの呼び出しも、それが練兵場であることについても、まったく疑問を持たず、ティナは指定の場所へと向かった。

ロデオに呼び出されるのは、彼女からすれば日常茶飯事。

用件を告げずに日時と場所だけを言われることも、少なくない。

ロデオというのは仕事に対しては真面目だが、私生活はかなり大雑把なところがある。

突然百人組み手をやらせたり、山奥でサバイバル訓練を突然始めたり……事前説明なしで過酷なことをさせられたのも一度や二度ではない。

「騎士にとって、忠誠を誓った人間の言葉は神の意思にも等しい。たとえどれだけ間違っていることを言われても従わなければならない場面も多い。故に理不尽耐性をつけなければならんのだ」

それは下手をすれば公爵批判なんじゃ……という言葉は飲み込み、ティナはロデオの言うことに基本的には従ってきた。

けれど彼女がただ一つ従えない命令があった。

それがヘルベルトに関することだ。

彼に対して騎士の誓いをしてしまったことを、ティナは生涯の汚点と考えていた。

故になるべく視界に入らないようにし、ロデオの言も全て無視していたのだが……。

「これは……どういうことでしょう、父上？」

「……見ればわかるだろう。若と話をする機会を設けたのだ」

「……」

今ティナの目の前には、ロデオとヘルベルトがいた。

ロデオは少しだけばつの悪そうな顔をしながらも、ヘルベルトの後ろに控えている。

どうやら騙《だま》しうちをしたことを、悪いとは思っていそうだ。

ヘルベルトは相変わらず不遜な表情を浮かべながら、腕を組んでふんぞり返っている。

その瞳は、ティナのことをジッと見つめていた。

「……父さんなんか、大嫌い（ぼそっ）」

「――なっ!?」

ティナの思わず出た本音に、見てわかるほどにがーんと落ち込むロデオ。

彼の哀愁漂う背中から視線を逸《そ》らし、ティナはヘルベルトの方を向く。

「……どうしたんです、ヘルベルト様」

「ティナ、お前に話があるのだ」

「私はありません、それでは」

踵を返して帰ろうとするティナ。

その腕をヘルベルトが摑《つか》む。

（――速い）

一瞬の早業。距離を詰めるまでがあまりにも早い。

恐らくはヘルベルトの使う魔法の効果だろう。

彼が四属性に加え系統外魔法を使えるということは、『覇究祭』以降は周知の事実になっている。

速度を速めたり遅らせたりすることができることはわかっている。

けれどそれがどんな魔法なのかは未だはっきりとわかってはいなかった。

「待ってくれティィナ、話をさせてほしい」

「……私は話したくありません」

「そうか」

「はい」

ヘルベルトが手を離す。

そして再度の高速移動をしてから、ティィナの手に一本の木剣を握らせた。

そして彼は距離を取り、剣を構えた。

ヘルベルトの出す剣気に、思わずティィナの方も剣を握る手を強めてしまう。

「ティィナ」

いつの間にか気を取り直していたロデオが言う。

ティィナはまっすぐ自分のことを見つめる父を見つめ返した。

「一度若と、剣を交わしてみてほしい。これは俺の……父としての頼みだ」

「……」

ロデオが頭を下げる。

それは反則だ。

目指すべき騎士としてではなく、一人の父として言われてしまっては……拒否できないではないか。

（いずれ、決着をつけなくちゃとは思っていたし、それに――）

自分の気持ちを整理して、ヘルベルトとの思い出にけりをつけるため、ティナは剣を構える。

「思ってたんです――ぎったんぎったんにしてやりたいって」

「ほう、そうか。それならば――かかってこい」

どこまでも不遜に、ヘルベルトがクイクイッと手を動かして挑発してくる。

ティナは己の中で暴れ回る情動を解放し……。

「――参りますっ！」

駆ける。

刹那の間に剣を振る。

動作は一瞬、ヘルベルトはギリギリで剣を立てて防御に成功。

強い腕力で放たれた一撃に、ヘルベルトは腕の痺《しび》れを感じた。

「――はあっ！」

ヘルベルトが応戦しようとして一撃を放つが、ティナの姿は既にそこにない。

襲いかかるティナの剣を、ヘルベルトはとにかく防ごうとした。

ティナの攻撃になんとか対応するだけで、精一杯だ。

しかも一撃一撃が重く、防戦一方になってしまう。

ロデオに扱《しご》かれ、騎士見習いとして騎士団の訓練にも交ざるようになった今の彼女の剣は、既に学生の域を脱しつつある。

「――シッ！」

ロデオの冒険者仕込みの剛の剣と、騎士団から習った主を守るための柔の剣。

そのどちらをも使いこなすティナの剣が、変幻自在にヘルベルトへと襲いかかっていく。

ヘルベルトを剣ごと断ち切らんとする、剛の剣。

剣を巻き取り、カウンターを放たんとする柔の剣。

二種類の剣を織り交ぜているにもかかわらず、技のつなぎ目は驚くほどにスムーズで、一切の無駄がない。

ヘルベルトの全身に傷が増えていく。

「――やはり純粋な剣技では、ティナには敵《かな》わないか」

ヘルベルトがパチリと指を鳴らす。

使うのは初級時空魔法、アクセラレート。

初撃で決める。

その意気込みで放たれた一撃は――。

「――なにっ!?」

ティナに見事なまでに防がれた。

平常でもトップクラスの身体能力を、アクセラレートで三倍に跳ね上げて放った一撃だというのに……初見で反応されるようなものではないはずだ。

愕然《がくぜん》とするヘルベルトに、ティナが笑う。

「強くなっているのは、あなただけではないのですよ……ヘルベルト様」

「なんだと……っ!?」

「ヘルベルト様、『一騎打ち』でのあなたの試合は確認させてもらいました」

ヘルベルトはアクセラレートを使った高速移動を行う。

そして移動しながら攻撃を放ち――また防がれた。

「それ故に私は指摘しましょう。あなたの魔法には――ある欠点があると」

骨を貫通しかねないほどの、人体に穴を穿《うが》つような鋭い突き。

当たれば打撲では済まないような斬撃。

三倍の速さで繰り出される攻撃を、ティナは見事なまでにいなしてみせる。

「それは攻撃速度を速めることや威力を上げることはできても、モーションそれ自体が変わらないことです」

それはたしかに、ヘルベルトの時空魔法であるアクセラレートの欠点、というか魔法的な特徴である。

アクセラレートはヘルベルトの動きを三倍に加速させる魔法だ。

だがその動き自体はあくまでもヘルベルトの動きである。

自分が想像しているよりも遥《はる》かに早く動くと仮定をし、目線の動きや相手の動きの機先から予想をすることとさえできれば、致命傷は負わずに済む。

ヘルベルトが突きを放つのなら、その突きの軌道を自らの持つ木剣で曲げることはできる。

切り払い攻撃が避けられなくとも、木剣を置き威力を弱めてから受け、そこに受け身をすることで衝撃からすぐに立ち直ることができるようになる。

「そしてその魔法は、それほど連続して使えるわけではない」

ヘルベルトのアクセラレートの効果時間が過ぎ、彼の動きが明らかに遅くなる。

するとそのタイミングを狙いすました一撃が、ヘルベルトに襲いかかってきた。

避ける。

動作自体の速度はティナに勝るため、攻撃の回避は可能だ。

(だがこちら側からの攻撃が――通らんッ!)

剣を振れば、その一撃の攻撃軌道に剣を置かれ狙いを逸らされる。

攻撃を止め別側面から攻撃をしようとすれば、それも読み切られる。

フェイントを駆使しても意味がなかった。

「身体にかかる重心を見れば、どうしたいのかは丸わかりです。相手を騙すためには、まずは自分の身体を騙さなくては」

「忠言――痛み入るッ！」

先ほどよりも圧倒的に早いというのに、ヘルベルトの攻撃は通らない。

対しティナの攻撃は頻度こそ下がったものの、未だ強《したた》かにヘルベルトを打ち付けている。

結果模擬戦は――何もできぬうちに、ティナの圧倒的勝利で幕を閉じた。

「ぜえっ、ぜえっ……強くなったな、ティナ……」

「ふううぅぅぅ……いや、ヘルベルト様こそ」

いい汗を掻《か》いた、とティナはどこからか取り出したハンカチで汗を拭き取る。

ヘルベルトは側に控えていたケビンからタオルと水を受け取り、飲んだ。

「ティナ様、どうぞ」

「あ、どうも。ありがとうございます」

ティナも冷えた果実水を受け取り、一緒に水分補給をする。

「……（ぬりぬり）」

ヘルベルトは上着を脱ぎ、ケビンにポーションを塗ってもらう。

塗布の方が服用するより効果が高いからだ。

ちなみに既に怪我《けが》を負ってからかなりの時間が経過しているため、リターンは使えない。

「痩せましたね、ヘルベルト様。見事なシックスパックです」

「ギリギリまで鍛錬をしていたら、体重が大分減ったな」

ティナはロデオに稽古をつけてもらう際、騎士団と行動を共にすることも少なくない。

なので男の裸を見ることにそれほど抵抗はない。

ヘルベルトにデリカシーを求めるのが間違っているというものなので、別に何も言わなかった。

「……ふぅ」

アクセラレートを使いすぎたせいで、今のヘルベルトの魔力は空っぽだ。虚脱感からひとまず脱するると、今度はケビンから手渡された魔力ポーションをぐびぐびと飲み始める。

そんなヘルベルトの様子を、ティナはジッと見つめていた。

一流の剣豪は、相手と剣を数合も交わせば、その内面を深いところまで読み取ることができるという。

未だその領域まで達せたとは言いがたいティナだが、彼女も相手の剣を見れば、その在り方や鍛錬の形跡を見つけるくらいのことはできる。

ヘルベルトの剣には――彼の魂が乗っていた。

(真《ま》っ直《す》ぐで、自信家で、向こう見ずな……あの頃の剣)

一緒に切磋《せっさ》琢磨《たくま》してきた時のヘルベルトが帰ってきたのだろうか。

自分が剣を捧げてもいいと思った、あの時のヘルベルトが――。

(まあ、答えを出すのは今じゃなくたっていい。だって……まだ夏休みは、始まったばかりだから)

ティナは何も言わなかった。

だから言うのは、自分のことを見直してほしいヘルベルトの方からだ。

彼は応急処置を終え、修行着から普段着に着替え直してから、ティナに手を差し出す。

「ティナ、とりあえずこの夏期休暇の間――よろしく頼む」

「……はい、こちらこそ、よろしくお願いします」

ティナはヘルベルトの手を取る。

こうしてティナは正式に、ヘルベルトの護衛の任を受けることを了承したのであった。


夏休みの過ごし方は人それぞれ。

だが魔法学院に通う多くの生徒達にとって、夏休みはそのまま純粋な休みとして使えるものではない。

まず初めに出される課題が多い。

魔法学に関する課題や、リンドナーの歴史や薬草学等、科目自体が多いのに、更にそれぞれに課題がある。

あらかじめ計画を練っておかなければ、夏休みが終わった後に後悔することは必至。

後の休みを満喫するためにも、学院生はなんとしてでも計画的に宿題を終わらせなければならな

いのだ――。

ヘルベルトの暮らすウンルー公爵家の屋敷は、現在非常ににぎやかであった。

そして実はそんな感じの日々が、既に三日目に突入している。

「これは……古ブラドの戦いだからベラ将軍だろう、そしてこっちは……」

「こうしてこうなるから……x＝3」

「うーん、これは絵じゃなくて子供の落書きじゃないのか……？」

今日は屋敷に、リャンル達がやってきているからだ。

リャンル、ゴレラー、アリラエの三名は横長の大きなテーブルの上にめいめいの課題を広げ、ぶつくさと文句を言いながらも取り組んでいる。

「……」

リャンル達がおしゃべりをしながら課題をやっている間も、ヘルベルトは少し離れた場所に陣取り、一人黙々と課題をやり続けていた。

宿題のやり方には、その人の人間性が出るという。

もちろんそれはここにいる四人の学生にも出る。

ヘルベルトは何事も完璧を好む。彼は夏休みに課題などという頭痛の種を残さぬよう、最初の数日のうちに全ての課題を終わらせるタイプの人間だった。

要領よく、夏休みが終わる直前に全ての課題を終わらせるタイプのリャンルは、夏休みに遊びましょうとヘルベルトを誘った。

けれどヘルベルトのスケジュールは、実はかなりカツカツだ。

鍛錬と魔法の訓練だけではなく、クラスメイトとのキャンプやネルとのデート。

イザベラに招かれての王宮での茶会、父であるマキシムと共に行う領地の視察に、手紙によって示唆されたとある人物を救い出すための遠征。

一ヶ月と少しの間に、これでもかというくらいに予定が詰まっている。

正直なところ、課題にかまけている時間などほとんどないのだ。

それ故にヘルベルトは、猛烈な勢いで宿題を機械的に処理し続けていた。

ちなみにゴレラーとアリラエは自分が得意な科目だけをやってからは、明らかに宿題をする効率が落ちていた。

そのツケをそう遠くないうちに払わされることは、わかっている。

そう、頭ではわかってはいるのだが……身体はなかなか、思い通りに動いてはくれないのである。

「ヘルベルト様、そろそろご休憩をなされたらいかがでしょうか」

「む……もう少ししたら解けそうなんだが……」

「先ほどもそう言っておりましたよ。一度頭を休めることも必要かと」

「――よし、それなら小休止を取るか」

ヘルベルトよりもヘルベルトの調子を理解しているケビンのアドバイスはいつでも正しい。なので疑うことなく休憩を取ることにした。

気付けばヘルベルトの机の上の教科書類は脇に置かれ、真ん中に菓子類が並んでいる。

「リャンル様達も、もしよろしければどうぞ」

「おおっ、ありがとうございます、ケビンさん！」

というわけでおやつタイムに入る。

ヘルベルトは太っている頃と変わらぬ吸引力で、ものすごい勢いでお菓子を食べ始める。

減っていくスピードは尋常ではないというのに、その所作が下品に見えないあたりは、さすがに公爵家嫡男といったところだろうか。

「相変わらずすごい食べっぷりですね……」

「稽古で尋常じゃなく身体と頭を動かすおかげで、どれだけ食べても太らんからな」

「羨ましい……」

「それならゴレラーも参加するか？」

「ご冗談を……謹んで辞退させていただきます」

現在、ヘルベルトは最初に予定を立てていたリャンル達との勉強合宿の真っ最中だった。

朝も勉強、昼も勉強、休憩に身体を動かしてから夜も勉強。

幸いウンルー家の屋敷は、ヘルベルトの悪評のせいで規模の割に使用人の数も少なく、空き部屋が多い。

いくらでも空きがあるため、リャンル達は気兼ねなく連泊することになっていた。

「で、宿題の進捗は――」

「へ、ヘルベルト様の方はどうですかっ!?」

自分の進捗状況を知られれば怒られることがわかっているゴレラーが、露骨に話題をそらす。

「恐らく明日までには終わるだろう。大体予定通りだな」

「はー、すごいですねぇ……」

「終わったら、ネル様とデートでしたっけ？」

「それはもう少し後だな。まずはマーロンとティナと一緒に、騎士団の合宿に参加させてもらうことになっている」

「騎士団の合宿ですか……」

リャンル達は、言わばヘルベルトが誰からも見離されてから一緒につるむようになった、良くも悪くもヘルベルトの負の側面を見て、共に過ごしてきた者達だ。

どちらかと言えば友達も多くはない陰キャ寄りの彼らは、ヘルベルトのあまりにリア充な予定っぷりに言葉をなくす。

なんだかヘルベルトが、手が届かないほど遠くに行ってしまったようだった。

少しだけ悲しそうな顔をする三人を見て、ヘルベルトは笑う。

マーロンは友達でもあるが、あくまでも好敵手。

辛《つら》い時に側にいてくれたリャンル達とはまた違う。

三人と過ごす時間は、ヘルベルトにとっても大切なものなのだ。

「うちの屋敷は、基本的に空いている。もしよければ、定期的に来てもらっても構わないぞ」

「……いいんですか？」

「ああ、何せうちの屋敷はあまりにも広い。誰かが使わんと、傷んでしまうからな！」

正直に一緒に遊ぼうと言えないヘルベルト。

彼の言葉にリャンル達が笑う。

「……だがとりあえずゴレラー、お前の宿題の進捗状態は逐一見せてもらうからな」

「うっ、誤魔化せたと思ってたのに!?」

ハハハッと笑うヘルベルトに釣られて、ケビン達も笑う。

こうして夏休みの序盤戦は、宿題の処置とリャンル達との勉強合宿に費やされたのだった。


「俺達は夕飯時になるまで適当に遊んでますので」

「ヘルベルト様はゆっくりとおくつろぎください」

いくら勉強合宿とはいえ、何も四六時中勉強をし続けているというわけではない。

勉強を効率良くやるためには、息抜きをすることも大切だからだ。

家の中で何か盤上遊戯でもしようかと思っていたのだが、どうやらリャンル達はどこかへ出掛けるつもりらしい。

なんでも帰省の時に両親や知り合い達に持っていく土産を買いに行くのだという。

ヘルベルトもついていこうと思ったのだが、『こんな雑事でヘルベルト様にご足労をかけるわけには！』とにべもなく断られてしまった。

というわけでリャンル達が屋敷を出て買い出しに出掛けている間、ヘルベルトは一人で暇になる。

ケビンに渡された目薬を差してから、強張《こわば》った顔をマッサージでほぐしてもらう。

外を見ればまだ夕食までには時間がありそうだ。

今は課題をこなしながらもリャンル達のもてなしもしなくてはいけないため、あまり鍛錬に割ける時間がない。

日暮れまでに鍛錬をするかと、とりあえず素振りをすることにした。

素振りというのは、剣の道を通った者であればだれでもやったことがあるほどに基本的なものだ。

けれど剣の師範代や達人達は皆こぞって、素振りが大切だと口を酸っぱくする。

「ふっ！――ふっ！」

素振りの習慣化は大切なことだ。

けれどただ剣を振るだけではダメだ。

自分に課したノルマを漫然とこなすだけでは、剣筋は良くならない。

そんなことを続けていればただ型を綺麗《きれい》になぞるだけのお座敷剣術に堕してしまい、とてもではないが実戦で使えないものになってしまう。

素振りという行為に、どこまで意味を見出《みいだ》すことができるか。

やり方や考え方で鍛錬の密度がグッと変わるのが、素振りの一番大きな特徴である。

ヘルベルトは仮想敵——未だその遠い背中の見えない、ロデオを幻視しながら素振りを続けた。

「——シッ！」

まずは普通に剣を振る。

当然ながらイメージのロデオは、その全てを難なく防いでみせる。

続いて、魔法を使う。

ヘルベルトは高速で移動しながら、素振りを続ける。

ただ構えてから振り下ろすだけではない。

縦横無尽に斬撃を放っていく。

けれど目の前のロデオは、その攻撃すら全て凌《しの》ぎきってみせる。

必要最低限だけ攻撃を食らい、相手の狙いを外す。

その妙手に何度も痛い目を見てきた分、脳内で再現するのは余裕だった。

相手の視線を切るべく歩法にまで意識を向ける。

どうすれば斬り込めるのか、どうすれば一撃を確実に当てることができるのか。

自分より剣技や観察眼で勝る人間に攻撃を当てるためには、工夫が必要だ。

ああでもないこうでもないと色々と試してみるが、結局目の前の幻のロデオに有効打を与えることは一度もできなかった。

「ヘルベルト様、黒豆茶でございます」

ケビンから良く冷えた黒豆茶をもらい、タオルで汗を拭いてもらう。

鍛錬着から着替えてから汗臭さが残らぬよう軽く香水を振ってから、彼は意気揚々と歩き出す。

「ティナの様子でも見に行くか」

屋敷の中を歩いていき、先ほどの勉強部屋の隣にある賓客用の個室のドアをノックする。ガチャリとドアが開かれれば、中からティナの姿が見えた。

夏休み中は半プライベートという形なので、普段着のこともままある。

魔法学院の制服や騎士甲冑《かっちゅう》の姿に見慣れているヘルベルトからすると、何度見ても新鮮に映る。

かわいい女の子の普段は見られない格好を見て何も感じない男というのは、そうはいない。

「お疲れ様です、ヘルベルト様」

「ああ、ティナの方も問題ないか？」

「万事抜かりなく」

ティナはヘルベルト達とは学年が一つ違うため、別室で自分の課題に取り組んでいた。

今夏は護衛として公爵から正式な命令を受けているため、基本的に可能な限りでヘルベルトの側で警護の役目にあたることになっている。

ちなみに彼女はリャンル達とは違い、ウンルー家の屋敷に逗留《とうりゅう》しているわけではなく、近くにあるロデオの屋敷から通っている。

「もう少し肩の力を抜いてくれて構わないぞ」

「いえ、問題ございません」

ティナは相変わらず、表情を能面のように動かさずにピシリと直立している。

それを見て苦笑するが、ヘルベルトはそれ以上は何も言わなかった。

やはり彼女の心を解きほぐすのにも、まだまだ時間がかかるらしい。

ネルもティナも人に自分の素顔を出そうとしないのは同じだが、ティナはどちらかといえば騎士としてかくあるべきという形で自分を律している節がある。

ネルを氷像のように冷ややかだと表現するのなら、ティナは岩を削って作られた石像のようだ。

ヘルベルトの周りには、人に自分の弱みをみせるのをよしとしない人ばかりが集まる。

類は友を呼ぶ、というやつなのかもしれない。

自分の頑固さのことは棚に上げながら、ヘルベルトはパチリと指を鳴らす。

「もし良ければ、少し模擬戦でもどうだ?」

「はい、もちろんです」

ヘルベルトは鍛錬の後で疲れている素振りなど微塵《みじん》もみせずに、再び裏庭へと向かう。

ティナとは下手に会話をするより、肉体言語でコミュニケーションを交わした方がいい。

ここ数日の経験でティナの剣術バカっぷりを見たヘルベルトは、再び歩き出す。

やはり親子というのは似るものなのか、ティナもロデオ譲りでなかなかに脳筋な行動原理で動くことも多い。

ヘルベルトは先ほどのイメージをなんとかして現実に落とし込もうとティナに挑みかかり。

そして疲れていたせいもあり、ティナにボコボコにされるのだった——。

夏休みの序盤に嫌なことは終わらせるタイプのヘルベルトは、学友の尻を叩いたり、先輩である幼なじみにボコボコにされたりしながらも、さっさと夏休みの課題を終わらせることに成功した。

続いて彼を待つのは、学院に通っていた頃よりも密度の高い鍛錬の日々だ。

授業を受ける必要も、登下校やクラスメイト達との会話などに時間を割かれることもなくなったおかげで、ヘルベルトは自分のために好きなだけ時間を使うことができる。

「ふっ、ふっ……」

ラフなスタイルのシャツを着ているヘルベルトが腕立て伏せをする度に、部屋のフローリングにぽたぽたと汗が落ちていく。

実戦型の稽古でつけられるのは、戦いの勘や身体の動かし方などの感覚的な部分も多い。もちろんそれも大切なのだが、元からかなり太りやすい体質のヘルベルトにとっては筋力トレーニングも不可欠だ。

もう二度とあんな贅肉《ぜいにく》がたぷたぷにならぬよう、しっかりと筋肉量を増やさなければならないのである。

「百九十八、百九十九……二百ッ！」

腕立てを終え、立ち上がる。

いつも通りに冷えた果実水で喉を潤してから、グッと身体を伸ばす。

「本日はこの後ウンルー家での会食をしてから、ネル様とのデートになっております」

クールダウンをしながら、頭の中で予定を組み立てていく。

ヘルベルトは普段あまり時間が取れていない分、夏休みはなるべく積極的に人とコミュニケーションを取るようにしていた。

ここ最近はマキシムとヨハンナだけでなく、弟と妹と共に食卓を囲むことも多くなってきている。

果たして弟妹達からは以前のように、頼れる兄として見てもらえているだろうか。

(……否)

見られていないのなら、見られるように自分を変えていけばいいだけの話。

ヘルベルトはうむと大きく頷いてから、屈伸を終え立ち上がる。

そしてケビンから受け取った濡《ぬ》れタオルで汗を拭き、匂いで食事を邪魔しない香水を選んで振りかけ、歩き出すのであった。

「おにいさま～」

「あにうえ～」

「おおよしよし、元気にしてたか二人とも」

「「してた！」」

ヘルベルトが会食をするべく食堂へやってくると、とてとてと二人の女の子がやってくる。二人ともヨハンナによく似たぱっちり二重をしている。

にこにこと笑っている二人を抱き寄せると、きゃあっとはしゃぎだす。

金髪の方が姉のエリーで、黒髪の方が妹のレオナだ。

年齢は一つ違いだが、レオナの方が少しだけ背が高い。

基本的にウンルー家の人間は、見た目はヨハンナに似て綺麗な目をしている。

そういえば自分も以前ネルに瞳の綺麗さを誉《ほ》められたなと、少しだけ昔の記憶に思いを馳《は》せる。

「ほら二人とも、席に着きなさい」

「「はあーい」」

ヨハンナに言われて座る二人と入れ替わるように、弟のローゼアが現れる。

「こんにちは……兄さん」

「ああ」

ローゼアは話すことがなくなったからか、妙にそわそわとしながら髪をいじる。

妹達と戯れているうちに、食事が運ばれてくる。

ここ最近はマキシムがいないことも増えてきた。

収穫期である秋を控えた今は、かなり忙しいのだろう。

料理を食べながら、適当に会話をする。

世間話をするのなら、ヨハンナの独壇場だった。

「ヘルベルト、ネルちゃんとは上手くやってるの？」

「それは……うん。今日もこれから会いに行く」

「まあ、それなら何かプレゼントでも持っていって……」

ヨハンナは、ネルと仲直りをしてくれたのが嬉《うれ》しいようで、あれはどうとかこれはどうとか色々と提案してくる。

鼻唄を歌っている機嫌がいい母親の意見は参考までに聞いておきながら、弟妹達とも世間話をする。エリー達の方とは隔意もないのか普通に話ができるのだが、ローゼアとはまだ少しぎくしゃくしたままだ。

何か話しかけようかとも思いとりあえず質問をぶつけてみるが、ローゼアはうんとかえぇとか一言で済ませてしまうため、会話がまったくラリーにならない。

（ローゼアとも戦って仲直りを……いや、ダメだな。ティナとロデオと一緒にいすぎるせいで、どうにも考え方が戦闘民族みたいになってきている）

自分の脳みそに筋肉が押し寄せてきていることに震えてから、ヘルベルトは頭を悩ませる。一度しっかりと話をする機会を設けるべきなのだろうが……ただ二人きりで会って、何を話せばいいのか。

ヘルベルトには皆目見当もつかなかった。

（ネルにも聞いてみよう）

こういうことは当事者ではない第三者から聞いた方が、客観的ないい意見が出てくることが多い。

というわけで食事を終えたヘルベルトは、ヨハンナから持たされたバスケットを手に持ち、ネルとの待ち合わせ場所へと向かうのだった――。


「待ったか？」

「いえ、今来たところです」

二人が待ち合わせ場所に選んだのは、待ち合わせスポットとしては比較的メジャーな噴水広場だった。

どういう原理なのか勢いよく噴き出している水を見て、あれも魔道具なんだろうかと思いかけ、その考えを断ち切る。

今日のネルの服は、白いワンピースだった。

遠目から見ると長袖に見えたが、近付くと着ているのは半袖の服であることがわかる。

服が二の腕のあたりで一度千切れており、同じ色の布きれが肘先から指の辺りに装着されている。

「見たことのない服だが……似合っているな」

「ありがとうございます。メイドに教えてもらったんですが、最近の王都の流行《はや》りらしいですよ」

なぜ服を途中で切ってしまっているのだろうかと疑問に思ったが、口には出さなかった。

「これがおしゃれなんですよ！　もうっ！」

だが態度には出ていたようで、ネルに目敏《めざと》く気付かれてしまう。

ぷんすこと頬を膨らませているネルを見て、すまないと素直に謝っておく。

もちろん本気で怒っているわけではないので、機嫌はすぐに直った。

「行きましょうか」

「ああ」

二人は広場を抜け、歩き出す。

いつものように距離を取り歩こうとするネルに、ヘルベルトがずいっと腕を出す。

ネルはそんなヘルベルトの顔を見て、腕を見て、そしてまた再度顔を見た。

「嫌か？」

「……いえ」

ネルは差し出された手を、そっと握った。

けれどその手は少しだけ湿っていて。

ヘルベルトの方もどうやら緊張しているということがわかり。

「ふふっ」

と軽く笑う。

その整った笑みを見て、まだまだ完全に打ち解けるには時間がかかりそうだなと思いながらも、ヘルベルトはネルの手を取る。

久方ぶりのデートは楽しいものになりそうだと、二人は上機嫌で歩き出すのだった。

今日のデート内容は観劇だ。

ネルの趣味に合わせ、恋愛ものを見ることになった。

ちなみにヘルベルトがよく見るのは、歴史ものかとにかくアクションが派手な作品だ。

恋愛ものは今まで触れてこなかったので、新鮮な気持ちで見ることができた。

「バトレー、あなたは変わってしまったわ……私は出会った頃の貴方《あなた》が好きだった」

「シトリ……人は変わらずにはいられない。変化するからこそ、僕らはこうして一緒に過ごせているんじゃないのかい？」

売れない商人だったバトレーと、それを支える妻であるシトリ。

貧しいながらも楽しい生活を送っていた二人の生活は、金鉱山の発見によって一変する。

今まで売れなかった発掘用具がドンドンと売れるようになり、みるみるうちに利益が増えていき、バトレーは大金持ちになった。

けれどその分忙しくなり、夫婦の時間は減っていく。

二人がすれ違う最中《さなか》、新たな男と女が出現し、二人の関係は引き裂かれてしまうのか……という話だった。

ちなみに結末はと言うと、二人は浮気をすることもなく、バトレーは持っていた商会を完全に捨ててしまった。

そして貧乏だった頃と同じ生活を送るようになり、二人は幸せに暮らしていく……という形のハッピーエンドだった。

ＶＩＰ席で観劇をしていたら、幕が下りた後には座長と舞台の役者達との挨拶があった。

高めの料金を払った甲斐《かい》があったと、二人は満足して劇場を後にする。

ベンチを見つけて腰掛けると、余ってしまった焼き菓子を食べながら感想を言い合う。

誰かと何かを見る理由の半分は、この時間のためにあると言っていい。

「ヘルベルトはあのラスト、どう思いました？」

「わざわざ商会を捨てなくとも、売ってしっかりと金に換えてから悠々自適の生活を送った方が、二人の幸福度は高いと思ったな」

「でもそれだと、二人ともすることがないまま死んだように生きるだけです。それよりはまだ、死に物狂いで生きた方が素敵だと思いませんか？」

「死んだように生きるか、死に物狂いで生きるか、か……なんだか極端だな」

ネルは終わり方に納得しているようだ。

だが何も全部を捨てる必要はないのではというのがヘルベルトの考え方だ。

これはどちらが正しいとかいう話ではない。

正解はそれぞれの心の中にある。

好きだったシーンの話などを一通りして落ち着いてから、ヘルベルトは今がいいかと手に持っていたバスケットを渡す。

「ネル、受け取ってくれ」

「てっきり、自分用のものを入れてるんだとばかり思ってました」

手渡されたネルが、かけられている布をぺらりとめくる。

そこにあったのは……真っ白なうさぎのお人形だった。

「わあっ、かわいい！」

（……母さんの読みが当たったたか）

プレゼントはかわいいぬいぐるみにしなさいというヨハンナのアドバイスを聞いたのだが……どうやら間違ってはいなかったようだ。

ネルはギュッとぬいぐるみを抱きしめながら、目をつぶっている。

彼女がかわいいものが好きだとは知らなかった。

まだまだ知らないことだらけだ、そう思いながら、ヘルベルトはネルのことをジッと見つめる。

「ヘルベルト……ありがとうっ！」

目を開けたネルは、そう言って笑った。

その笑みは不細工で、ヘルベルトはやっとそれが見られるようになったと喜び、二人はルンルン気分で帰路につくのだった。

もちろん帰り際に、ローゼアの話を聞くことも忘れていない。

ヘルベルトはアドバイスを聞き、早速ローゼアと一緒に出掛けることにするのだった――。


「一緒に外に出掛けるぞ」

「兄さん……おはようございます」

まったく外に出るつもりがなかったからか、ローゼアが着ていたのはだるっと生地が伸びているTシャツだった。

髪もボサボサで、寝ぼけ眼。後頭部をボリボリと掻いている様子はいかにも品がない。

シャツには達筆な筆記体で『真面目なやつが馬鹿を見る』という格言めいたものが記されていた。

ここ最近、ローゼアは何事にもやる気が出ない様子だった。

もちろん、その原因はヘルベルトにある。

ヘルベルトの代わりにと、急遽《きゆうきよ》詰め込まれた領主教育。

その内容をしっかりと頭に叩き込み、これで跡取りとしてやっていけそうだとなった矢先のヘルベルトの改心と両親の変心。

真面目一辺倒だったローゼアの緊張の糸がほどけてしまったようだった。

悪いのは全て、ローゼアを振り回してしまった自分だ。

「あと十分待つ。顔を洗って、しゃんとしてこい」

「はい……」

ローゼアはヘルベルトの言葉に従い、とぼとぼと歩き出す。

その後ろ姿を見て、なんとかしてやらねば……と思うヘルベルトであった。

十五分後、そこにはきちんとした身なりをしたいつも通りのローゼアの姿があった。

彼と一緒に出掛けたのは、郊外にあるそこそこ高い山だ。

勾配もそこまできつくないため、ハイキングにはもってこいの場所だった。

ヘルベルトは久しぶりに兄弟水入らずで、ゆっくりとした時間を過ごすことにしたのだった。

ローゼアの趣味は読書だ。中でもとりわけ、図鑑などを眺めることを好んでいる。

なのでローゼアはどんな分野であっても、ある程度の知識を持っているのだ。

そしてそれは、山の中であっても遺憾なく発揮されていた。

ヘルベルトが歩きながら、一匹の蝶《ちょう》を指差した。

「あれはなんだかわかるか?」

「モンハナチョウですね。真っ白な羽根の内側に、花のような紋がついています」

ひらひらと飛ぶ蝶を下から覗《のぞ》き込んでみると、たしかに内側に派手な模様がついていた。

「普通、模様は外側につくものじゃないのか？」

「モンハナチョウの生息地帯では、上よりも下に天敵が多いんです。なので下の生き物達に威嚇ができるよう、内側に模様がついているらしいですよ。ほら、その証拠にモンハナチョウは羽根を縦ではなく横に広げる習性があります」

「なるほど……」

「モンハナチョウを蛾《が》だと主張する昆虫学者も一定数います。ちなみに僕はどっちでもいいと思っている派です」

「蛾より蝶と思われた方が、本人的には都合が良さそうだけどな」

「蛾と蝶では、扱いが全然違いますからね……」

虫に好かれる性質《たち》でもあるのか、気付けばローゼアの手の上にモンハナチョウが乗っていた。

鱗粉《りんぷん》で手がかぶれたりしないようにか、手には白い手袋が着けられている。

白い手袋を見て、決闘騒ぎを思い出したヘルベルトは思わずウッと喉を鳴らした。

けれどそんな様子にも気付かず、ローゼアは蝶を興味深げに眺めている。

ローゼアは目をキラキラとさせて、嬉しそうに笑っていた。

弟の楽しそうな様子を見て、ヘルベルトは一人頷く。

『一緒にピクニックに行ってはいかがでしょうか？』

デートの際、ネルはそんな提案をしてきた。

ピクニックに二人で……というのは少し子供っぽい気がして嫌だったが、ネルはそれが一番いいと頑として譲らなかった。

なので渋々折れたのだが……どうやらネルの言うことの方が、正しかったようだ。

ちなみに行く場所だけではなく、その他にもいくつかの指示が出されている。

今回の山登りは、ネル全面監修の下で行われているのだ。

「それでですね、あそこで鳴いているハツカゼミは他のセミとは違い、なんと二十日間もの間鳴き続けていて……」

トークに熱が入っているようで、ローゼアの説明は止まらなかった。

ヘルベルトは好きになると凝り性な弟に苦笑しながらも、「そうか」と相槌《あいづち》を打って話に耳を傾けながら、山を登っていくのだった。

このミタラ山は、さほど標高は高くない。

少しお腹《なか》が空《す》いたなと感じるとすぐ、山頂が見えてきた。

「はあっ、はあっ……」

「ちょうどいい、休憩がてら昼飯にしよう」

説明をしながら歩き続けていたため、大分疲れた様子のローゼアと一緒に、大きな木の陰で休むことにした。

今回は二人でやってきているため、使用人はいない。

ヘルベルトは慣れない手つきで、シートを敷いていく。

だがなぜかシワが寄って、上手くピンと張ることができない。

そんなヘルベルトの様子を見かねたローゼアは、シートをヘルベルトから奪い取ると、綺麗に敷いてみせた。

「器用だな……」

「兄さんが不器用なんです！」

少しだけ距離が近くなった二人は、近くに腰掛け、持ってきたリュックを開く。

そこに入っていたのは――ヨハンナに頼み込んで作ってもらった、母親特製の手作り弁当だった。

その懐かしいラインナップに、二人は顔を見合わせる。

そして育ち盛りらしく、ガツガツと食べ始めるのだった。

ヨハンナは実は、なかなかな料理上手だ。

けれどその料理の腕が発揮される機会というのは、実はあまりない。

そもそも貴族というのは、貴族の責務である領地の運営などを除くと、自身で何かをすること自体がほとんどない。

服の着替えも、身体を洗うことも、何かを用立てる時も、あくまでも使用人達にやらせることが多い。

いくつも手間を足したり、自分でやればできることもわざわざ人を雇ってやらせることで、貴族は権威を示しながら経済を回すからだ。

なのでヨハンナの手料理が食べられる機会は、かなり限られている。

二人とも、母の手作り弁当を食べるのはずいぶんと久しぶりのことだった。

「久しぶりでも、腕は落ちてないみたいだな」

「ですね」

オムレツに揚げ料理などといったメインどころは、少年二人に合わせて濃いめの味付け。

野菜は彩りも鮮やかに、葉野菜だけでなくトマトも使われている。少しすっぱめのドレッシングがかかり、魚のマリネと一緒に和《あ》えられている一品は、食べるだけで疲れが吹っ飛びそうだった。

気付けばあっという間になくなってしまう弁当。

入っていた小さな焼き菓子を平らげると、二人ともふぅと満足げに吐息をこぼす。

木陰から差し込む太陽の光に、ヘルベルトが思わず目をすがめる。

ローゼアは何を考えているのか、遠くを見つめてぼうっとしていた。

遠くから聞こえてくる夏の虫達の鳴き声が、なかなかにやかましい。

けれど不思議と、それが不快ではなかった。

外の気温はずいぶんと高い。

二人とも汗をダラダラと掻いている。

額に掻いた汗が下っていく。

顎下から喉へ、そして服まで届くと、服に小さな染みを作る。

雲一つない快晴。

空はどこまでも青く、青々と茂る草木は生命の力に満ちあふれている。

「……」

「……」

特に何か会話を交わすわけではない。

気まずさを感じない、心地の良い沈黙が続く。

「兄さんは……」

「ああ」

「ここ数年のことを後悔していますか？」

ヘルベルトは全てが馬鹿らしくなりやけっぱちになってしまうまでは、弟達に対して常に良き兄であろうとしていた。

だが今は不思議と、飾らない自分を出せるような気がした。

ヘルベルトは何時《いつ》だって格好つけではあるが……他でもない弟のローゼアにになら、自分の弱いところを見せても良いのではないかと、思えるようになっていたのだ。

果たしてこれは良い変化なのだろうか、と自問自答しながら答える。

「目が覚めてからというもの、後悔しなかった日は、一日としてなかったな」

「……そう、ですか」

正直に言われると思っていなかったローゼアは、目を見開きながら頷く。

二人で遠くの青空を見上げる時間が続いた。

「……すまなかったな。ローゼア、お前には特に……色々と、要らぬものを背負わせてしまった」

ヘルベルトは立ち上がり、頭を下げる。

ローゼアの身体がピクリと動くが、頭を下げているヘルベルトからは、どんな顔をしているのかはわからなかった。

「過ぎたことは……仕方がありません」

くるりと、背を向けるローゼア。

顔を上げたヘルベルトは、弟の背が自分が思っていたよりもずっと伸びていることに気付いた。

自分はここ最近、変わるために頑張ってきた。

だが千変万化、変わらないものなどこの世には存在しない。

ローゼアだって、変わっている。

人は少し目を離した隙に、想像もできないほど変わるものなのだ。

「たとえ次男であれ、領主教育を受けたことは無駄にはならないはずです。というか、無駄にならないようにしてみせます。兄さん、僕は将来――分家を興すつもりです。これ以上、後継者問題で家を割りたくもないですし」

「……重ね重ね、すまん」

マキシムがヘルベルトを見限り、ローゼアが公爵家の跡取りと内々に決められていた名残で、現在のウンルー公爵家の中には、未だローゼアが跡取りには相応《ふさわ》しいと考える者が一定数いる。

これは下手をすれば、御家《おいえ》騒動に発展しかねない。

だがたしかにローゼアが分家を興してしまえば、問題は全てなかったことになる。

「謝まらないでください。謝るだけでは、何も変わらないですから」

「それなら、何をすればいい？」

「それなら――約束を」

「約束？」

「はい、もう二度と――皆のことを、悲しませないようにしてください」

ローゼアがくるりと向き直ると、小指を出してくる。

「ああ、もちろんだ」

ヘルベルトはしっかりと頷き――自分も小指を出した。

指をつなぎ合わせ、約束する。

もう二度と、誰かを悲しませたりすることがない人生を送ると。

「――それじゃあ、行きましょうか」

「そうだな」

二人の間に広がる空気は、以前と比べるとずっと明るくなっていた。

こうしてローゼアとのわだかまりも完全に解け……二人はまた気安く話せる間柄に戻るのだった――。


リャンル達との勉強合宿も終わり、ローゼアと仲直りも済み、ティナとも話ができる間柄にはなり、ネルとのデートは定期的にするようになった。

振り返ってみると夏休みの序盤はやることも多かったが、それ以上に実りも多い期間であったように思う。何かを忘れているような気もするが……やることが多すぎて忘れている程度のことだから、そこまで重要度も高くない。多分問題はないはずだ。

ローゼアとの仲直りという一番やりたかったことは無事果たすことができたし、ティナとも前ほどとは言えないまでも、一緒に剣を交わすことのできるくらいの間柄にはなった。

ネルとも、その……普通にデートできるようにもなった。

全てで一歩前進したのだから、合計すれば何歩も進んでいると言えるだろう。

（よし、これでひとまず……後ろを向くのは、終わりにしよう）

ヘルベルトは一つ、決意をしていた。

――この夏で、自身の過去の清算をひとまず終える。

彼は強い意志を持って、過去との訣別《けつべつ》を行うことにした。

過去と向き合うことをやめるのではない。

ただ後ろを向いているだけでは、できないことも多い。

なぜならヘルベルトも、ヘルベルトが償いをしなければならない人も、今を生きていて、その今は未来へと続いているからだ。

だからこの夏休み前半戦を以《もっ》て、太っていた頃の傲慢な自分とはさよならだ。

これから先は過去してきたことを償うのではなく、未来を素晴らしいものへ変えていくことで埋め合わせにする……いや、していくのだ。

（だが、まだまだ気は抜けない。――むしろ、ここからが本番だ）

前半に予定を詰めたおかげで、後半には大分余裕がある。

今回はマキシムの許可も取り領地への帰省も最低限で終わらせている。

そうまでしてヘルベルトが急いでいるのは、既に後半にやらなければいけない予定が決まっているからだ。

これからやるのは――夏休みの残りの全てをかけて行う、とある地域の探検。

その地域とは――以前向かったことのある、大樹海。

その奥地に住んでいるとある人物の下へ出向くことが、彼のしなければならないことであった。

王国は西部にある大樹海は、人の侵入を拒む天然の要害である。

大樹海を挟んで点在しているとされる亜人達とは没交渉が続いており、リンドナーとしては良き隣人という態度を貫くことで、不干渉を続けている。

けれど一応、大樹海のうちの東部はリンドナー王国の領土になっている。

大樹海はほとんどが人の手の入らぬ土地ではあるのだが、人の往来も完全にゼロというわけではない。

人間というのは強かなもので、どこにだって可能性を見出す生き物だ。

大樹海とは、手つかずの大自然がほとんどそのまま残っている土地だ。

魔物が多いため瘴気《しょうき》も満ちており、人間にとっては不利な戦場。

好き好んで入るような人間は誰も居ない。

けれどこの場所は見方によっては、まだ誰も手をつけていない宝の山とも言える。

それに目をつけたのが、金になる素材には目がない冒険者達だ。

彼らは魔物の討伐請負いからマダムの犬の散歩まで、実に多様な雑務をこなす何でも屋。

大樹海にしかいない魔物は稀少《きしょう》であり、討伐することができればかなりの報酬になる。

また野生の稀少な薬草類も残っているため、群生地を見つけることができれば一財産を築くこともできる。

けれどその分、大樹海は未だ開拓ができぬほどに人を拒絶する地である。

一度深くまで潜ってしまえば、二度とは戻って来ることができないというのは有名な話で、その凶悪さは近くの地域に住んでいる家族の母親が『言うこと聞かないなら大樹海に置いてくるよ!』と言って子供を脅すほど。

そのため樹海の最東部――冒険者達などが出入りする浅いところまでは、リンドナー王国領、具体的に言えばネルの実家であるフェルディナント侯爵領になっている。

故にヘルベルトはネルにだけは、自分の目的を伝えることにしていた。

「本当に、行くんですか? 大樹海の奥へ?」

「……ああ。俺が求めているものは、その先にしかないからな」

ヘルベルトは実家への挨拶も兼ねて、フェルディナント侯爵領の領都であるフェルゼンへとやって来ていた。

ここから西へ向かえば、大樹海までは二日もかからずに着くことができる。

嘘《うそ》を吐《つ》いてそのまま向かうこともできたのだが、ネルにだけは正直でいたかった。

(誰かと秘密を共有したいと思うとは……俺は弱くなったのかもしれないな)

ヘルベルトは自嘲しながら、遠くを見つめている。

視界に映っているのは外壁だが、ネルには彼が見ているものがその先にある、大樹海であることがわかった。

その横顔を見つめるネルの瞳は、どこか不安げに揺れている。

けれど彼女は心の内側にある心配を押しとどめ、告げた。

「それなら帰ってきたら、もう一度フェルゼンに寄っていってください。帰ってこなかったら……叩きます」

「ああ……わかったよ。ネルのビンタは、痛いからな」

ヘルベルトはキュッと、ネルの手を握る。

その顔があまりにも優しくて、ネルは慌ててそっぽを向く。

けれどその耳は真っ赤に染まっていた。

そんなネルを見て少しだけ気持ちのほぐれたヘルベルトは、同行者を引き連れて大樹海の奥地へ向かう。

ヘルベルトは門付近で待ち合わせをして、今回共に探索するメンバーと合流することにしている。

どうやら彼は二番手だったらしく、既に集合場所には先客の姿があった。

「ヘルベルトって、いつも危険地帯に踏み入ってるよな……もしかして、マゾなのか？」

「だとしたら、ついてきているお前も同類だな」

「……たしかに、違いない」

マーロンは鎧《よろい》に身を包み、腰にはミスリルの剣を提げている。

彼は今回も一緒に行動を共にしてくれるらしい。

元はとある男爵家の騎士見習いだったマーロンは、系統外魔法を発現させたことで既にその立場が大きく変わってしまっている。

マーロンの立ち位置自体は大きく変わってはいない。

けれど、彼を見る周囲の目は大きく変わってしまった。

「俺といる間は、何も言われないだろう。まあ、どっちの方が安全かは微妙なところではあるが」

「人間相手に作り笑顔をするより、魔物相手に戦ってた方が万倍マシだよ。俺は、もう疲れた……」

将来の成功と栄達を約束された、未来の英雄。

現在、誰の紐《ひも》付きでもないマーロンを誰が取るか、争奪戦のようなものが行われているのだという。

マーロンが暮らしていた領地の領主が零細男爵家だったためか、それより上の爵位を持つ貴族からのスカウトがひっきりなしに続いているらしく、マーロンはその対応に悪戦苦闘している様子だった。

各地からやって来た貴族達の機嫌を損ねるわけにもいかないため、彼は慣れない社交の場で奮闘していたという話だった。

ヘルベルトと違い、夏休みはなかなかにハードだったようで、休みに入る前よりも少ししなびたように見える。

（公爵家で囲ってもいいが……それをやると俺との関係は変わってしまうだろう。どこか適当な有力貴族家あたりと、一度話をつけてやるべきか……？）

ヘルベルトと行動を共にすることの多いマーロンは、以前『混沌《こんとん》のフリューゲル』へ向かった時同様、ついてきてくれることになった。

公爵家の嫡子であるヘルベルトとの同行となれば、文句をつけられる貴族はいない。

体《てい》の良い虫除《むしよ》けに使われているような気もしたが、自分としてもマーロンの戦力はたしかに欲しいところなので、両者の思惑は一致した。

「マーロン」

「なんだ？」

「困ったことがあったら、いつでも俺を頼ってこい」

「……ああ、わかった」

それだけ言葉を交わすと、二人は樹《き》にもたれながら通用門を通ろうとする人達を見つめる。戦い、手を取り合い、共に鍛練をして協力もし合い……こんな生活が、これからも続くのかもしれない。

未来の勇者と未来の賢者。

本来は大げんかしていたようだったから、一体どうなるかはわからない。

それでも今のマーロンとの関係は……不思議なほどに、悪くなかった。

「すみません、遅れました」

「何、集合時間より早い。問題はないぞ」

ヘルベルトに少し遅れてやってきたのは、少しだけ火照った様子のティナだった。

走ってやってきたからか、額にぺたりと前髪が張り付いている。

今回ヘルベルトと共に大樹海へ向かうメンバーは、この二名だった。

身体を温める意味も兼ねて、三人はランニングをしながら大樹海へと向かうことにした。

「俺も最近は色々と言われるけど……お前も大概、無茶苦茶やってるよな……」

「たしかに、荷物を全て入れられるなんて……」

合流した時にはパンパンに中身の詰まったリュックを背負っていたマーロンとティナだったが、今二人は何一つ持たず身軽な状態だ。

ある程度探索が長引くことも考慮して、三人分の荷物はヘルベルトのディメンジョンに入れてある。

時空魔法を使い続けて練度が上がったことで、既にヘルベルトはディメンジョンを複数発動させることが可能になっており、同時に内容量も大きく向上している。

一人で攻防回復からポーターまでこなす。

時空魔法はどんなこともそつなくこなせるようになる、万能の力なのだ。

「今日はこのまま、大樹海に潜るのか？」

「ああ、その前にもう一人、合流するやつがいるけどな」

「なんだって？　初耳だけど」

「私もです」

「大樹海は余りにも広大だ。進んでいくためにも、案内人は必要だろう？」

たしかに、と頷く二人。

彼らに事前に通達をしていなかったのには、当然ながら理由がある。

それは――詳しい話をしていれば、間違いなく反発を買ったからだ。

数十分も駆けているうちに、目的の場所に到着した。

そこで待っていたのは……。

「久しぶりだな、息災にしていたか？」

「……ええ、おかげさまで」

以前ヘルベルトが助け囲った魔人である、魔人パリスだった――。


「なぜここに魔人がっ!?」

「ヘルベルト様、ここはお逃げ下さい！」

突如として現れた魔人に、マーロンとティナ両名の目の色が変わる。

二人はヘルベルトより前に出て、パリスへと斬りかかっていく。

「ちっ」

パリスは舌打ちしながらも二人を迎撃。

魔人と人、相容《あいい》れぬ者同士の争いが……。

「というわけで、僕はパリス。今回はヘルベルト様ご一行に大樹海を案内するためにやって来ました」

――始まるようなことはなく。

マーロンもティナも、少しだけ怪訝《けげん》そうな顔をしながらもパリスのことをジッと見つめ、黙って話を聞いていた。

思っていたよりも、ずいぶんとすんなり受け入れるな……。

驚くのは、むしろヘルベルトの方である。

「ヘルベルトが案内を頼んだんだ。その案内人を疑うのは、お前に対する不義理になるだろ」

マーロンのヘルベルトに対する信頼が篤《あつ》すぎる。

そこまで手放しでほめられると、普通に恥ずかしさが勝つ。

「お前、どこかで悪いやつに騙されるぞ……」

だがそれほど悪い気分ではなく。

素直に向けられた気持ちと真っ直ぐに向かい合うのが嫌なヘルベルトは、顔を逸らして大樹海を見つめる。

そんな二人を見たパリスとティナは目配せをし合い、お互いに笑い合うのだった。

こうして顔合わせは特にいがみ合いや争いが起こるようなこともなく、実に平和な雰囲気の中で終わるのだった……。


大樹海に住む魔物は多い。

ヘルベルト達が進んでいるのはまだまだ人里に近い場所に過ぎないが、そんな区域であってもかなりの種類の魔物が存在している。

基本的に魔物の生態は動物と近く、彼らは強い縄張り意識を持っている。

そのため強い魔物ほど、自らのテリトリーを意識し、一つの場所に長く留《とど》まる。

それができるのが強力な魔物、それができずに各地を転々とすることになるのが、弱い魔物ということになる。

ヘルベルト達が進んでいく中で遭遇することになる魔物達は、当然ながら後者。

雑魚狩りなので問題なく進むことはできるが、ただ無双するだけでは味気ない。

ということでヘルベルト達は、魔物との戦いをお互いの戦い方を確認し、連携を図るための訓練に充てることにしたのだった。

「ファイアアロー！」

「ぐぎゃっ!?」

炎の矢が緑の小鬼――ゴブリンへと吸い込まれていく。

使い続け練度が上がっているヘルベルトの魔法は、容易《たやす》くゴブリンを絶命させてみせた。

「ライトアロー！」

「ギギッ!?」

次いで光の矢が、同じくゴブリンを貫く。

魔法を食らい物言わなくなったゴブリンの合間を縫うように、二つの影が勢いよく飛び出していく。

「シッ！」

「はあっ！」

腕の力に身体の捻《ひね》りを加えた回転斬りが、ゴブリン達へ襲いかかる。

前に出た二人の前衛——ティナとパリスの周囲に、血の花が咲いていく。

そこに彩りを加えるのが、ヘルベルトの炎とマーロンの光だ。

粗末な布きれを身に纏《まと》ったゴブリンは、みるみるうちにその数を減らしていく。

オールレンジで戦闘のできるヘルベルトとマーロンは、今回はパーティーのバランスを取って、まずは後衛として戦ってみることにした。

即席のパーティーではあるが、ゴブリン程度であれば問題なく殲滅《せんめつ》できる。

ただ危うく魔法の余波を食らいそうになる場面があった。

ヘルベルト達も近接戦も問題なくこなせるのだから、もう少し敵に近付き、中衛として動いていった方がいいだろうということになった。

立ち位置や戦い方に微修正を重ねていくと、数時間もしないうちに四人は息の合ったパーティーのように動くことができるようになった。

最初の頃にはあったぎこちなさも、既になくなっている。

剣の腕を認めたからか、ティナが積極的にパリスに話しかけるような場面もあった。

ちなみに前衛四人というのもロマンがあっていいとティナは主張していたが、当然のようにヘルベルトが却下した。

意見を蹴られたティナは不満げな様子だったが、こと戦闘に関してはロマンなど必要はない。

(どうやら剣術バカなところは、ロデオの血を色濃く引いているらしいな)

ロデオも若い頃はこんな感じだったんだろうか。

そんな益体《やくたい》もないことを考えながら小休止を取っているヘルベルトのところへ、マーロンが近付いてくる。

「なぁ、ヘルベルト。そろそろ教えてくれないか。俺達が一体どこへ向かっているのか」

「……そうだな。ここまで来ればもういいか。俺達が向かっているのは——ある人物を訪ねるためだ」

「その人物とは?」

尋ねるティナに、ヘルベルトは笑う。

その答えに、三人は言葉を失った。

「王国を出奔し姿をくらましている……とある系統外魔法の使い手だよ」

「系統外魔法の」

「使い手……？」

系統外魔法とは火・水・土・風の四つの属性に当てはまらない魔法のことを指す。

マーロンの光魔法や、ヘルベルトの時空魔法などがそうだ。

二つの異質さを見ればわかるように、一口に系統外魔法と言ってもその内容は非常に多岐に渡っている。

系統外魔法の使い手の逸話というのは王国でも数多く伝えられている。

けれどその使い手の数は非常に少ない。

リンドナー王国は一千万人を超える人口を抱える巨大な国家だが、王国で存在が確認されている系統外魔法の使い手は四人しかいない。

マーロンとヘルベルトが頭角を現す前までは、たったの二人しかいなかったのだ。

だが実は系統外魔法の使い手は、以前はもう一人いた。

「まさか――グラハム卿《きょう》が!?」

「界面魔法のグラハム……ヘルベルト、本当に彼が？」

「ああ、グラハムはこの大樹海のとある集落の近辺に界面を作り、そこで生活している」

グラハム・フォン・シュテーツ。

それはかつて対帝国戦役を戦い抜き、帝国に痛打を与え続けた男の名だ。

彼が帝国に与えたダメージはあまりにも多く、現在『重界卿』グラハムの首は帝国において金貨二万枚の値がついている。

戦争を終えたグラハムは、その活躍を認められ貴族へと列された。

だが彼はほどなくして姿を消し、現在は完全に行方不明となっている。

「界面魔法……それは一体、どんな魔法なんだい？」

想像ができなかったのか、不思議そうに首を傾《かし》げるパリス。

だがそれも当然のこと。何せ勧誘に来たヘルベルト自身、その魔法の詳細を完璧に理解しているわけではない。

「恐らく結界を生み出し、破壊する魔法だと考えられる」

「結界魔法の話は聞いたことがあるけど、それとは違うのかい？」

「ああ、界面魔法の特徴はなんと言ってもその意味のわからなさだ。結界の中に相手を閉じ込めたり、結界の中にある結界を膨張させ相手を押しつぶしたり、結界と結界を繋《つな》ぐことで擬似的な瞬間移動を行えるようにしたりするらしい」

「それは……ずいぶんとめちゃくちゃだな……」

「ああ、だが何かに似ているとは思わないか？」

ヘルベルトの問いに、俯《うつむ》いて思考するマーロン。

視線が微妙に左右に揺れるのは、彼が本気で何かを考えている時の癖だった。

「似ている……時空魔法に」

「ああ、それが俺がここまでやってきた理由だ」

「僕を引き入れたのも、そのグラハムという人物をスカウトするため、ということでしょうか？」

「それだけが全ての理由ではない。だがまあ、理由のうちの一つかと問われれば是だな」

ヘルベルトが己の身を賭してまで大樹海にやって来たのは、『重界卿』グラハムをスカウトするためだ。

グラハムを再び貴族として王国に返り咲かせるのか、それとも秘密裏に教えを請う師匠的なポジションにするのか。そこら辺は臨機応変に対応するつもりだった。

ヘルベルトには、グラハムを助け出す必要がある。

界面魔法は、空間と非常に関連性のある魔法だ。

時間・空間という時空魔法を構成する二つのうちの一つと密接な関わりを持つ界面魔法。

これを学ぶことができれば、今現在非常に苦労しながら空間についての理解を深めているヘルベルトの助けになるのは間違いない。

助け出す、という言い方からわかるように、グラハムはこのままではマズいことになる。

ヘルベルトは手紙に記されていた内容を思い出す。

『俺はグラハムに教えを請うことができなかった。王国がその所在に気付いた時には、既にグラハムはこの世にいなかったからだ』

『重界卿』グラハム。

帝国に親の仇《かたき》のように恨まれているこの人物は、帝国戦役の後に隠遁《いんとん》生活を送ることになる。だがその生活は長くは続かず、後に帝国に捕捉されてしまい、帝国が誇る黄金騎士団によって殺されてしまった。

彼を失うことはヘルベルトにとって大きな損失だ。

王国にとっても非常に大きな影響を与えるのは間違いないが、そちらはあくまでも二の次。

どこまでも貪欲に自分を貫くヘルベルトは決めていた。

「なんとしてでもグラハムを味方につける。その先にきっと……時空魔法の極致へと、手を伸ばすことができるはずだ」

彼の瞳に滾《たぎ》る熱意。

それを見た三人は、仕方ないという顔でその後についていく。

ヘルベルトがなぜ、王国や帝国すらも見つけられていないグラハムの居場所を知っているのか。

一体ヘルベルトには、何が見えているのか。彼は何を、見据えているのか。

ついていった先に、果たしてどんな世界が広がっているのか。

マーロンもティナも、そしてパリスも。三人全員がそれを知りたいと思った。

一行は大樹海の奥深くまで進んでいく。

ヘルベルトは三人を引き連れて先へと進んでいく。

その先にあるものがなんなのか。

未来からの情報のあるヘルベルトにだってそれを完璧に予測することはできない。

だが彼は前を見て、進み続ける。

前進したその先にこそ、未来は開けているのだと信じて――。

グラハムが暮らしているのは、大樹海の中にあるとある集落だ。

そこに住んでいるのは、いわゆる亜人と呼ばれる者達だ。

そして、更に言うのなら。

そこで暮らしている者達は、亜人からも見下され、蔑まれることの多い種族だった。

骨人族……偏見と差別からあらゆる住処《すみか》から居場所をなくした彼らは、誰から知られることもなくひっそりと暮らしている。

いずれやってくるであろう滅びを受け入れたか弱き種族。

彼らの下で暮らす『重界卿』グラハムは果たして何を思い、どう生きているのか。

それを確かめるため、ヘルベルト達は奥地へと向かう。

「ここから先が、骨人族の集落だ」

「これは……」

「ひどい……」

マーロンとティナの見つめる先、そこに広がっているのは集落の入り口を示す立て看板だ。そこに記されているのは、言葉に出すのも憚《はばか》られるような罵詈雑言《ばりぞうごん》の嵐。

見ているだけで気分が悪くなってくる文字列だ。

漂うアンモニア臭に眉を顰《ひそ》めながら、ハンカチを顔に当てる。

異臭のもとを探してみれば、投げ入れられたように見える魔物の死骸や糞尿《ふんにょう》が原因だった。

マーロンとティナは憐憫《れんびん》の表情を浮かべたかと思うと、強い怒りから目を見開く。

正義感の強い二人からすれば、到底受け入れられるものではないようだ。

だがヘルベルトは、あくまでも冷静さを保ったままだった。

もちろん見ていて気分のいいものではないが、人種や階級ごとの差別というのはどこにでもあるものだ。

人も亜人も、根底にあるものはそれほど変わらないということなのだろう。

怒りを覚えながらも、ヘルベルトはパリスの説明を待つ。

「亜人達の中にも階級というか、種族間の格差みたいなものがあるんですよ。基本的に強く、見た目が人に近しい種族ほど上になる。たとえば白い耳と尻尾を持つ白狐《びやっこ》族なんかは使える魔法も強く見た目も人間に近いから、亜人の中でも一目置かれる存在だったりするという感じで」

「つまりここから先の集落で暮らしている骨人族はその真逆――弱くて、見た目が人からかけ離れているということか？」

「その通り」

ヘルベルトの質問に、パリスは真面目な顔で首肯《しゅこう》する。

看板に目を移すが、前に見たことがあるからか、マーロン達と比べると幾分か冷静な様子だ。

けれどその瞳には、悲しみが宿っているように見える。

「パリスはどのあたりなんだ？」

「魔人はピラミッドの例外ですよ。魔物の特徴を持っているので、亜人達からも人からも目の敵にされています。そういう意味では、骨人族と似ているかもしれませんね」

「なるほどな……」

弱く、他の亜人達からも目の敵にされている。

ヘルベルトはその事実に、少し違和感を覚えた。

この世界は弱肉強食であり、弱いことは罪だ。

弱いというだけで全ての尊厳が踏みにじられても文句はいえない。

だがだとしたら彼らは、なぜ今もなお生きることができているのだろうか。

グラハムに助けられて、なんとか生きているのだろうか。

（まあ、何にせよ進めばわかることだな。……ん、あれは……？）

進もうとするヘルベルトは、妙なものに気付いた。

それは蝿《はえ》の集《たか》った魔物の死骸だ。

恐らくゴブリンの腐乱死体であろう緑色の死体は、よく見ると地面についておらず、宙に浮いていたのだ。

気になったものは調べずにはいられない。

ヘルベルトは謎を確かめるべく、小走りに駆け出した。

「うっ」

ぐちゃり、と靴の裏が何かを潰す嫌な感触に渋い顔をしながらも、ゴブリンの死骸の下へ辿《たど》り着く。

その宙に浮かぶ死体の秘密を探るべく、手を伸ばそうとしたその時――。

「なんだ、人間か……まあとりあえず、死ねや」

ヘルベルトへ拳が飛んできた。

驚くべきことに、拳だけが宙に浮かび上がり、ヘルベルトへと向かってきている。

応戦しようとしたヘルベルトが聞いたのは、ベキベキッと何かが折れ、割れるような音だ。

次の瞬間、ヘルベルトはわけもわからないうちに地面を転がり、血の塊を吐き出すのだった……。

「ヘルベルトッ！」

「大丈夫だ、この程度……」

こちらに駆け寄ってこようとするマーロンとティナを制しながら、ヘルベルトはグッと地面につけた手のひらに力を込めた。

（一体、何が起きた？）

さっき自らの身に起こったことを冷静に反芻《はんすう》してみるが、やはり意味がわからない。

突然現れた拳と、通常ではあり得ない威力の拳撃——一目見ただけでは、仕組みなどさっぱりわかりそうにない。

ヘルベルトは身体の震えを押さえつけながら立ち上がる。

口から血の混じった唾を吐き出しながら、剣を構えて相手を見つめる。

リターンで傷を治そうかとも思ったが、思い留まって止《や》めておくことにした。

痛みが消えるメリットより、相手に情報を与えるデメリットの方が大きいと思い直したのだ。

「おーおー、立ったか」

パチパチとこちらを小馬鹿にしたように拍手をする男は、あまりにもみすぼらしい肉体をしていた。

少し離れているのに臭気がやってくるので、恐らくまともに風呂も入っていないのだろう。見た目だけなら貴族というより、街にいる浮浪者のようだ。

年齢は四十を回ったあたりだろうか。

ぼさぼさとした白髪交じりの髪をしながら、無精髭《ひげ》を生やしている。

顔の血色は悪く、肌は妙に赤くなっていた。

ヘルベルトの記憶が正しければ、酒の飲み過ぎによる症状が出ているように見える。

おかしな身なりをしてはいるが、その眼光は剣呑で、瞳の奥には何か底知れぬ感情を漂わせている。

「ちっ、まだガキじゃねぇか……殺しゃしねぇから、さっさとここから立ち去れ。生憎酒《あいにく》が切れてな、今の俺は機嫌が悪い」

男はそう言うと、ボリボリと頭を掻いてからあくびをした。

そしてふんっと気合いを入れたかと思うと、ぶふっとものすごい勢いで放屁《ほうひ》をした。

「「「……」」」

ヘルベルトも含めて、全員が絶句していた。

あまりにもデリカシーに欠ける行動、あまりにも他人の目を気にしない容貌。

妙なところばかりが目立つが、先ほどの一撃は間違いなく本物だった。

彼がグラハム——帝国を恐れさせた、界面魔法の使い手。

「俺の名は、ヘルベルト・フォン・ウンルー。結論から言おう。俺をあなたの弟子にしてほしい」

「お前、貴族のガキなのかよ……わざわざ俺を探しに、こんなとこまで来たのか？」

「ああ」

「そうか、物好きもいるもんだな、どこから情報が漏れたのか……なんにせよ、住処を変えなくちゃいかんな（ぶつぶつ）」

「それで、答えを聞かせてくれないか」

「ああ？　そんなの決まってんだろ」

グラハムは拳闘士のような姿勢を取ると、右ストレートを虚空に放つ。

すると彼の目の前の空間が明らかにぐにゃりと歪《ゆが》んだ。

彼が空間を叩くと、パリンとガラスが割れるような音が鳴る。

パリンパリンパリンッ！

連続して音が鳴る。

ヘルベルトは剣を構えながらアクセラレートを使い、臨戦態勢を整えながら大きく右に回避行動を取ろうとする。

しかしその行動に、意味はなかった。

何故ならヘルベルトは——気付いた時には、衝撃を食らい吹っ飛ばされていたからだ。

「あ……が……っ。——リターンッ！」

一瞬意識が飛びかけた。

口から臓器がこぼれ落ちるのではないかと錯覚するほどの強烈な衝撃。

真っ白になった視界が元に戻るのと同時、ヘルベルトはリターンを使い己の傷を癒やす。

最初の一撃とは比べものにならないほどの威力の一撃を前に、出し惜しみをする余裕はなかった。

「ほぉ……系統外魔法か」

今まで興味がなさげに仏頂面をしていたグラハムの顔に、初めて好奇心のようなものが浮かぶ。

キラリと一瞬瞳の奥が輝いたのを、ヘルベルトは見逃さなかった。

「先達《せんだつ》として、後輩の面倒を見ていただきたいのですが」

「やだね！　俺はもう疲れたんだよ、そう言うの」

意味のない会話を続けながら、今までの攻撃を手がかりに推察を重ねていく。

（あのガラスの割れるような音が、界面魔法と関係しているのは間違いない）

空間を叩き、それを衝撃に変える。

あの音は、空間を割る音なのかもしれない。

そして空間を割ることで、通常ではありえないようなショートカットをすることもできる。

もしかすると間の空間を割ることで、擬似的な瞬間移動のようなこともできるのかもしれない。

界面魔法は結界ではなく、空間そのものに干渉する魔法のようだった。

ヘルベルトは笑う。

なんとしても……グラハムの知識がほしい。

彼の知見があれば、ヘルベルトの時空魔法のレベルは更に向上するだろう。

今はまだ再現が不可能な瞬間移動や転移《ワープ》なども、可能になるかもしれない。

「なんとしてでも師事したくなりましたよ」

「なんだよお前、マゾなのか？」

軽口には付き合わず、剣を握り直す。

ちらりと後ろを向けば、マーロン達は手出しをせずに成り行きを見守ってくれていた。

彼らに頷きを返してから、グラハムへ向かっていく。

「フレイムランス！」

「――そおいっ！」

もちろん出し惜しみはなしの全力だ。

まずは相手の界面魔法の範囲を探るため、四属性魔法と時空魔法を駆使しながら魔法戦を、行っていく。

ヘルベルトの攻撃は全てパリンという音の後に霧散してしまい、一つとしてグラハムには届かずに終わる。

「ちっ、それなら――」

「実は俺は、接近戦の方が得意だったり」

それならとアクセラレートを使った近接戦闘に切り替えたが、得物を使わないグラハムにまったくといっていいほどに手も足も出なかった。

ヘルベルトはボロ雑巾のようになりながら、何度も何度も地面を転がり怪我を負う。

一度や二度断られた程度で諦めるヘルベルトではない。

彼は限界ギリギリまで戦い続けた。

それを見て、グラハムがふんっと鼻を鳴らす。

「もちろん師事させる気なんざないが――お前の根性に関しては、認めてやるよ」

グラハムのその言葉を聞いたヘルベルトは、ぷつりと緊張の糸が切れ、そのまま気を失うのであった。

泥だらけになったヘルベルトの顔には、少しだけ認めてもらえたことを喜ぶように、笑みが浮かんでいた――。

「わっ、起きた!!」

「……(ビクッ)!!」

ヘルベルトが目を覚ました時、そこにいたのは一匹の骸骨だった。

「――なぜここにスケルトンがっ!?」

目の前に敵がいるとなれば意識は急速に覚醒し、頭の中が戦闘モードに切り替わる。

跳び上がるように起き上がったヘルベルトは、即座に魔法を練り上げて使おうとしたところで、違和感に気付く。

そもそも目の前のスケルトンから、敵意をまったく感じないのだ。

小柄なスケルトンはヘルベルトが突然動き出したことにびっくりして、びくんっと身体を震わせていた。そして目の前の骸骨は、スケルトンという単語を聞くと、少しだけ悲しそうな表情をした
……ように見えた。

いや、見た目は完全に骨なので、なんとなくそう感じたというだけなのだが……。

小柄なスケルトン、感じない敵意、そして人の言葉を話している点……この三つのヒントから、ヘルベルトには今この場所がどこなのかを思い出す。

ということは、目の前にいるのが……。

「骨人族……」

スケルトン改め骨人族の少年は、大きく後ろに下がってから、テーブルの脚越しにヘルベルトのことをジッと見つめてくる。

どうやらヘルベルトの態度に、警戒を強めてしまったらしい。

改めて観察をしてみる。

その見た目はどこからどう見ても、魔物のスケルトンと……。

（いや、違うな。核《コア》がどこにも見当たらない）

本来スライムやゴーレム、スケルトンといった純粋な肉体を持たない魔物達は、体内に核《コア》を持つ。

人間における臓器全てと同じくらいに生命活動に必要な核《コア》はこれらの魔物の弱点であり、戦闘の際には真っ先に狙うべき場所となる。

通常スケルトンは、その胸部にある胸郭の内側……人体の胸腔《きょうくう》のあたりに核《コア》を持つ。

けれど今目の前にいる少年には、それが見当たらなかった。

少なくとも自分の知るスケルトンとは別物として捉えるべきだ。

「驚かせてしまってすまない」

「い……いえいえ！　骨人族が珍しいのはよくわかってますから！」

骨人族の少年の声は妙に震え声というか、少しノイズが入ったように聞こえている。

見れば胸と喉の辺りの骨が震えていた。

発声器官もないのにどうやって声を出しているのかと思ったが、どうやら彼らは発声器官そのものも骨でできているようだ。

「一つ聞いていいか？」

「なんでもどうぞ！」

「ここは骨人族の集落で合っているか？　グラハムにボロボロにされたところまでしか記憶がないんだが……」

「はい、合っていますよ。ここが魔の森で恐らくはほとんど唯一と言っていい、骨人族の集落になります」

どうやらヘルベルトはグラハムに認められたらしく、彼に担がれて集落に入ってきたということだった。

その様子を想像し、そしてこてんぱんにやられた先ほどの記憶を思い出し、ヘルベルトはぐぬぬ……と唸《うな》った。

（……一刻も早く強くならなければ。また一つ頑張る理由ができたと、そう思うことにしておこう）

負けっぱなしは、趣味ではない。

今はまだ歯が立たないが、いずれは見返してやる。

グッと握りこぶしを作りながら、窓枠の外へと視線を向けるヘルベルト。

それを見た骨人族の少年が、腕を組みながら首を傾げる。

「やはり外の人は違いますね」

「……一体、何が違うと？」

「向上心があるといいますか、根性があるといいますか……骨人族の人達とは、違います」

「それほどか？」

健全なる精神は、健全なる肉体に宿る。

どうやら肉体を持たない骨人族の者達は、比較的打たれ弱い者が多いらしい。

そんな彼らが他の亜人達から排斥されるという境遇に置かれれば、更に状況が悲惨になるのは必然であり。

骨人族の集落には、ずっと陰鬱な空気が漂っているのだという。

けれど少年は目を輝かせながら（ヘルベルトにはそう見えていた）こう言った。

「けれどグラハムさんが来てから、皆が明るい顔をしてくれるようになりました。そして僕も思ったんです、こんな風に……こんな風に強くなりたいと」

聞けば少年も、グラハムから色々と手ほどきを受けているらしい。

ということはつまり、ヘルベルトの兄弟子ということだ。

「俺の名前はヘルベルトだ、よろしく頼む」

「紹介が遅れました。僕はズーグと申します」

二人は握手を交わし、笑い合う。

ズーグは笑うと、歯と歯がぶつかり合いガチガチと音を鳴らしていた。

最初は少し不気味だったが、こうして見慣れてくると愛嬌《あいきょう》があるかもしれない。

ヘルベルトがどんな訓練を受けているのかを聞いているうちに、家のドアが開く。

「おーい、ぶちのめしてやるぞガキ共。さっさと広場に来いや」

それだけ言って出て行ってしまったグラハムの後を、ヘルベルト達は必死に追いかけるのであった――。

「しいっ！」

ヘルベルトによる斬撃が白い線を引く。

アクセラレートにより加速した剣の閃《ひらめ》きは流れ星のように輝き、瞬く間に相手へと飛んでいく。

「ふうむ……」

彼が放った全力の斬撃を、目の前の男――グラハムは容易く受け止めてみせる。

両者の剣が激しくぶつかり合った結果、軍配が上がったのはグラハムの方だった。

ヘルベルトは剣を握る手が痺れるほど強烈な衝撃を食らいながら、なんとかして後ろに飛ぶ。

なんとかのけぞらずには済んだが、どうしても体勢は崩れてしまう。

グラハムは握る剣で追撃に移る。

ヘルベルトの方が速度では分があるにもかかわらず、押し切ることができない。

グラハムはヘルベルトの攻撃のことごとくを捌《さば》いてみせる。

彼を相手にすると速度では勝っていても、後手に回ってしまう。

今回も今までと同様、徐々に形勢が防戦一方へと変わっていく。

「お前のその時空魔法は、簡単に言えば肉体を高速化させる魔法だ。たしかにそのありえない速度と、速度との乗算によって生み出されるパワーは劇的に違ぇねぇ」

剣閃《けんせん》は風を裂き、一閃ごとに大きな音が鳴る。

振り、薙《な》ぎ、突き出される攻撃は、必殺の威力を秘めている。

けれどもグラハムは何事もないように、その攻撃を防ぐ。

まるで答えを知っている問いを解いているかのように、迷わず出される一手一手が、ヘルベルトの持つ選択肢を狭めていく。

ヘルベルトの攻撃は先ほどより一回り小ぶりなものになり、攻撃の際に生まれる隙はわずかに広がり、その積み重ねが徐々に大きなズレとして現れていく。

「だが現状、時空魔法は物理的に不可能な動きはできねぇ。つまりお前が攻撃をしてくる場所さえわかっていれば、防御は容易い。普通より速くて、威力が高い攻撃。良くも悪くもそれだけだ」

グラハムの指摘は、以前ティナからもされたものだ。

ヘルベルトはそれならばと、それ以降本格的に練習を重ねたフェイントを加え、グラハムのことを翻弄する手を取ろうとした。

左右に身体を振り、剣先をズラし、己の狙いを悟らせない。

けれどそうして放った連撃も、グラハムには通じない。

「お前のフェイントが通じるのは、いいところ三流までだ。俺様くらいになるとお前の筋肉の動きや視線から、おおよそ攻撃する場所がわかる。自分自身を騙せるくらいにならなくちゃ、実戦じゃクソの役にも立たねぇんだわ」

剣に意識を割いていたところで、腹部にとてつもない衝撃が走る。

破裂音のような音が鳴りグラハムの蹴りが突き刺さっていた。

ごぽりと、口からせり上がってきた血の塊が吹き出てくる。

「――――リターンッ！」

ヘルベルトは即座にリターンを使い、傷を癒やす。

「回復の隙がデカいのもマイナスだな。俺ならその間に、もっと強い一撃を入れられる」

傷が癒えていく。

けれどその間に、彼我《ひが》の距離はみるみるうちに近付いていく。

グラハムの言葉は、何一つとして嘘ではない。

「おら――吹っ飛べや！」

パリンと音が鳴った次の瞬間、ヘルベルトは己を襲う激しい痛みに、意識を手放すのだった――。

「ん……」

目が覚めると、ヘルベルトは地面に転がっていた。

腹部に感じる痛みはそれほどのものではない、どうやらマーロンが処置を施してくれていたようだ。

「はああああああっっ!!」

「――シッ」

「ぜあっ！」

ヘルベルトが起き上がると、マーロンとパリス、ティナが三人がかりでグラハムに挑みかかっていた。

恐ろしいことに、グラハムは左右からの同時攻撃や死角からの一撃も全てかわしながら、三人にカウンターさえ放っていた。

空間に対する認識力が高いのだろう。

恐らくどこに何があり、誰がどんな行動を取ろうとしているのかを、しっかりと把握しているのだ。

そうでなければできない、迷いのない動きをしている。

ヘルベルトの高速の一撃や速度や方向を変えて襲いかかる魔法を残さずかわしてみせるのも、その空間把握能力の賜物《たまもの》なのだろう。

昨日骨人族の集落にやって来てから、ヘルベルトは一日に数度グラハムに意識を失うまで叩きのめされるという修行を繰り返していた。

これは修行なのだろうかと、思わないこともない。

グラハムは、決して何かを教えてくれるようなことはないからだ。

けれど彼はヘルベルトと戦った後、休みなくマーロン達と戦ってみせる。

そして戦う面子《メンツ》の中には、兄弟子であるズーグの姿もあった。

ヘルベルトには多くを語らぬグラハムの背中が、『己の背中を見て学べ』と言っているように思えていた。

もしかすると全てがヘルベルトの勘違いで、ただグラハムは自分がしたいように暴れているだけなのかもしれない。

（だがそれならそれで構わない。盗んでやろうじゃないか……帝国を震撼《しんかん》させたというその戦闘技術と魔法の全てを）

なぜグラハムが、自分達と戦ってくれているのかはわからない。

貴族を毛嫌いしている様子の彼がヘルベルトを追い出していない理由も不明だ。

けれど今が何よりも大切な学びの時であるのは間違いない。

ヘルベルトはグラハムの一挙手一投足を見逃さぬよう、目を凝らして戦いを観察するのだった――。

ヘルベルトがグラハムの下へとやってきた一番の理由は、時空魔法についての教えを請うことだ。より詳しく言えば時空魔法と似通った空間的な性質を持つ、界面魔法についての見識の深いグラハムから、色々と助言をもらおうという考えだ。

そのため彼はグラハムのスパルタな実技を受けるだけではなく、座学の方も受けるつもりだった。だがそんなヘルベルトの請願を聞いても、グラハムはほへぇと間抜けな声を出しながら鼻をほじるだけだった。

「嫌だね！　俺は戦うのは好きだが、詳しい理論や理屈なんかはでぇ嫌いなんだよ！」

グラハムは自分の界面魔法のことについて、あまり詳しい内容を教えてくれない。

自分が持つ手札を教えないというのは戦士としては当然なのだが、その道理を曲げても情報を得たいヘルベルトからするとなんとかしたいところだった。

「けどまぁ、お前も頑張ってるみたいだしな……特別に俺が作った練習場を使うことを、許してやろう！」

グラハムは親指をグッと立てながら言うと、ボロ雑巾のようになったヘルベルトを放置して酒盛りを始めた。

こうなると梃子《てこ》でも動かないので、ヘルベルトは大人しくズーグに案内を頼むことにした。

「苦労をかけるな」

「いえいえ、慣れてますので」

広場を抜け、ズーグの後をついていく。

周囲に広がっているのは、骨人族の集落だ。

その家は、土壁を使った木造建築である。

大樹海があるおかげで木材には事欠かないということなのだろう。

ヘルベルトがこうして歩いていても、集落の中心にある大通りに人の姿はほとんど見られない。

やってきてからというもの、ズーグ以外の骨人族の人間をほとんど見たことがないほどだ。時折視線は感じるが、それは家の中の窓から。

意識してそちらを向くと、すぐに気配は消えてしまう。

「あはは……すみません」

申し訳なさそうな顔をするズーグに、問題ないと言って頷く。

ヘルベルト達は正直なところ、あまり歓迎はされていない。

骨人族は特に純粋な人族から強い排斥を受けたという。それだけ警戒されるのも、無理のないことだ。

集落の中に漂っている雰囲気は、全体的に暗い。

底抜けに明るいズーグがここで育ったのが、不思議に思えてくるほどに。

「ズーグは外の世界に興味があるんだよな？」

「――ええ、もちろんです！」

ズーグは何かあるとしきりに、ヘルベルトに外の話を聞かせてくれるようせがんでくる。

その度にヘルベルトは観劇や甘味のような、自分が王都で楽しんできたことの数々を教えてやるのだ。

色々と遊び回っていたおかげで、こういう時に耳目を引きつけるような面白い話に関しては、枚挙にいとまがないほどだった。

そしてヘルベルトの話の数々に、ズーグは目をキラキラさせて（もちろん比喩だ）聞き入っていた。

「いつか僕は……外に出てみたいんです」

「外というのは……集落を出るということか？」

「いえ、それよりもっと外……大樹海を抜けて、人が暮らしているところで生活をしてみたいんです」

「……力量的には、問題ないだろうな」

含みのある言い方をしたが、ズーグの実力が高いのは本当だ。

ズーグの得物は大剣なのだが、彼は骨だけの身体のどこにこんな力があるのだというくらいの剛力で、大剣を軽々と振ってみせる。

骨人族は、その見た目に反して人外の膂力《りょりょく》を持っている。

どうやら魔力が人間でいうところの筋肉のような働きをしているらしく、とにかく力が強いのだ。

グラハムに鍛えられて技術として昇華された大剣術はただ力任せに振るうわけではなく、そこには細かな突きやフェイント、足技や骨人族だからこそできる通常の人体では不可能な動きなども含まれている。

彼の白兵戦の実力は相当に高い。

得物の違いも大きいだろうが、ティナと十本勝負をしても毎回二、三本ほどは勝っているほどだ。

だからたしかに、外へ出ても活動自体はできるだろう。

だが……。

(骨人族であることを知られてしまえば、積み上げてきたものが崩れかねない、か……なんとかしてやれればいいのだが……)

ヘルベルトが父のマキシムに陳情してなんとかしてみるか……と考えていると、グラハムが作ったという練習場に辿り着いた。

「これは……括《くく》り付けられた、樹か？」

ヘルベルトの視界に入ってきたのは、ロープに括り付けられている大量の木材と、その中央に鎮座している大きな切り株だった——。

「一体これを、どうやって使うんだ？」

「この角材を、こう一つ一つ持ってですね……」

ズーグが身振り手振りを交えながら、グラハムが行っているらしい修行内容を臨場感たっぷりに再現してくれた。

「えいっ！」

ズーグが両手に角材を持ち、それを中央部へ投げる。

切り株が大体中央にあたるようで、角材はある程度進んでからピンと張ったロープに引っ張られる形で戻ってくる。

そのあとは振り子のように、角材は切り株の上を左右に揺れ始めた。

「ふんふんふんふんっ！」

ズーグが投擲《とうてき》を二度、三度と繰り返していく。

ぐるりと切り株を囲む配置になっている角材をどんどんと投げつけていくと、角材同士がぶつかり合うようになる。

角材がぶつかり合うことで跳ね返り、そこにロープも絡まり合い、更に張ったロープに角材が押し出されるような形で動く。

絶え間なく変化を繰り返す攻撃の軌道の全てを読み切ることは難しそうだ。

一つの角材の動きを予想してみたが、別のロープと角材の影響を受けて想定外の方向へ動いてしまった。

「ちなみにこれを、グラハムさんは目をつぶったままで、かすりもせずに避《よ》けてみせますよ」

「……なるほどな」

ヘルベルトはとりあえず一度実践してみることにした。

こういうのは、やってみないとわからないことも多いからだ。

均《なら》された切り株の中心に立ち、ズーグに頷く。

ズーグが角材を投げ、ヘルベルトはそれを避ける。

最初の一つ二つを避けるのはなんら問題なかった。

だが一気に難易度が跳ね上がるのはここからだ。

角材の数が五つになったあたりで既に情報量がヘルベルトの処理能力を超え、十を超えた時には
ヘルベルトの身体にバシバシと木材が当たる。

「――ぐうっ!?」

力持ちのズーグが思い切り投げているので、一つ当たるだけで思わず呻《うめ》き声が出るほどの威力が
ある。

身体に当たった木材の数が二十を超えたところで、ヘルベルトは流石《さすが》にストップをかけた。

「ふうっ、ふうっ……リターン!」

身体の傷を癒やし、息を整えて少し余裕を持ってから、先ほどの醜態を反省する。

ビシビシと当たる角材の角は、鋭利な鈍器のようだった。体感では、刃を潰した手投げ斧《おの》を投げ

つけられているような感覚だ。

自分目掛けて飛んでくる高威力の飛び道具は、なかなか精神にくるものがある。

「結構痛かったんだが？」

「す、すみません……でもグラハムさんはいつも、全力で投げろと言っていたので」

「……そうか」

ヘルベルトは一度、二度とこの避ける鍛錬を繰り返し始める。

最初の数発を除けば、後の動きを完全に目で見て追うことは難しい。

それなら反射神経と瞬発力でなんとかできるかと思ったが、それでも上手くいかなかった。

（こんなの、後ろに目でもついていなければ……いや、待てよ？）

ズーグは特訓を始める前、果たしてなんと言っていたか。

『ちなみにこれを、グラハムさんは目をつぶったままで、かすりもせずに避けてみせますよ』

その言葉の意味を、ヘルベルトはより深く考えてみることにした。

いくら戦士としても魔導師としても優れているグラハムとはいえ、流石にこの何十もの軌道を目で追いきることは不可能だ。そしてそれ以前に、ズーグの言によれば彼はこの特訓をしている最中に目を開いてすらいないのだ。

であれば、どうやって攻撃を避けているのか。

答えは単純——視覚以外の方法で攻撃を感知しているのだ。

そしてそれは、彼の系統外魔法である界面魔法によるものと考えるのが自然だ。

ヘルベルトはグラハムがなぜ自分にここに来るように言ったのか、その理由を朧気《おぼろげ》に察した。

(ここで空間把握能力を高めろということだな)

ヘルベルトは自らが階段を上るために必要な試行錯誤は、決して嫌いではない。

彼はどうすべきかと頭を悩ませながら、色々と試してみることにした。

とりあえず、まず最初は魔法の解禁からやっていこう。

「まずはディレイだ」

ヘルベルトはやってくる角材に対し、ディレイを使ってみることにした。

動きが遅くなるため、避けるのは簡単になる。

けれどこれでも、結局攻撃を避けるのは難しかった。

現状のヘルベルトの魔法の力量では、多くとも二つ、三つのものにディレイをかけるので精一杯だ。

というかディレイを使ってしまったせいで、動きのゆっくりとした角材を避けるという余計な一手間が発生したので途中からは煩わしいことこの上なかった。

次にアクセラレートを使い、自分の身体を高速化することで攻撃を避けていく。

こちらには一定の効果が見られた。

ヘルベルトが普段からやっている、動きを見てからの回避軌道。

高速化すれば攻撃を避けることはそこまで難しくはない。

けれど今度は、切り株が回避の邪魔をした。

ダイナミックに動き回ることができれば全ての攻撃を回避することも難しくなさそうなのだが、切り株という狭い足場の上ではどうしても動きに制限ができてしまう。

これらを完全にやり過ごすためには、軌道を見切る必要がある。

当然ながらヘルベルトの視界は三百六十度ではないため、後方には死角もできる。

見てから動くだけではまだ足りず、見ずに動くための材料が必要というのがヘルベルトが出した結論だった。

それを視覚以外の手段――ヘルベルトの場合は、時空魔法でなんとかしなくてはならない。

何から手をつけていいのかわからなかったので、まず最初は自分がしてきたことの延長線から始めてみることにする。

ヘルベルトは自分の身体の左右に二つの魔力球を生み出した。

魔力球の扱いに慣れた今では、魔力球を操ることは造作もない。

そこに時空魔法を込めることなく、純粋な魔力の塊のまま置いてみる。

物は試しと、飛んでくる角材に魔力球を当ててみることにした。

「――ぐうっ、これは……？」

感じたのは強い違和感。まるで突然身体の中に異物が入ったような感覚があった。

ディレイで物の速度を下げる際には何も感じないのだが、どうやらただの魔力球に物を入れる際には違和感のようなものを感じるようだ。

気持ちが悪くなってしまい、一旦鍛錬を中断。

リターンを使って治してから、次にロープにぶら下がっている角材それ自体に魔力球を被《かぶ》せてみることにした。

最初は慣れなかったが、何度も出し入れをするうちに少しずつその感覚にも慣れてくる。

（これは……自分が生み出した空間の中に異物が入ることによる拒否反応、のようなものか？）

違和感は、自分が生み出した魔力の中に何かが侵入してくることに対して生じていた。

そこで発想の転換だ。

この違和感は、感知手段として使えるのではないか？

ヘルベルトの慧眼《けいがん》は見事に的中した。

魔力球を使えば、魔力球の中に入ってくる異物を感知することができることがわかったのだ。

それならば次に行うべきは感知の工夫だ。

自分が動かした魔力球で感知をするのでは、目視をするのとそこまで大差はない。

まず、一番最初に、自分の身体を魔力球ですっぽりと覆う形を試してみる。

けれどこれはやってみてすぐに無理であることが発覚した。

魔力球の中に入ったままだと、違和感がより強烈になりまともに感知をすることすら難しいほどに気持ちが悪くなってしまったのだ。

（俺が入った状態の魔力球で全方位を感知できれば話は簡単だったんだが……そう上手くはいかないか）

どうやら空間認識をしようとする際に、自分の身体が入ってしまうことで知覚能力に異常が発生してしまうらしい。

それならばと、次は自分の身体の前後に固定する形を取ってみることにした。

魔力球を制御して自由に動かすことはできるが、自分の身体の周囲に固定させようと考えたことは一度もなかった。

できるかどうかぶっつけ本番で試してみると、これはさして壁にぶち当たることもなくクリアすることができた。

日頃の時空魔法の練習によって、自分の魔法技術も着実に成長しているのだとわかり、ヘルベルトから笑みがこぼれる。

少しだけ気持ちを浮つかせながら、次に魔力球を身体にくっつけたまま角材投げの訓練をやってみることにした。

「――見える、見えるぞ！　ふはははは っ！」

今までは為《な》す術《すべ》がなかった後ろの死角からの攻撃も、ある程度察知ができるようになったのだ。

おかげでズーグの投擲に対処しながら、後ろから襲いかかる攻撃にも対処ができるようになった。

「痛っ……流石にそこまで甘くはないか」

だがそれだけではまだ片手落ちだった。

今のヘルベルトに対処できるのはズーグの攻撃と、反動で自分目掛けて飛んでくる跳躍する角材まで。

そこに吊《つる》された紐《ひも》同士が絡まり合うと正確な軌道予測が不可能となり、対処することができなくなってしまったのだ。


となると気にしなくてはならないのは、ロープ同士の位置取りと距離感だ。

けれどこれも三つ、四つとロープが絡めば更に複雑になっていく。

目で見て、異物感を感じてから反応するだけでは、全てに対応することができない。

そこで次は、魔力球のアレンジを行うことにした。

現在ヘルベルトができるのは魔力球二つを制御することと、自身の身体をすっぽりと魔力球で覆ってしまうことだ。

まず最初にトライしてみたのは、三つ目、四つ目の魔力球を作ることだった。

もし四つの魔力球を作ることが可能になれば、前後左右の全方位で知覚が可能となる。

けれど何度試しても、三つ以上の魔力球を作ることはできなかった。

（恐らくは……）

その理由について、ヘルベルトには一つの推測が立っていた。

魔力球にアクセラレートやディレイをかければ、それはそのまま時空魔法になる。

つまりヘルベルトにとって魔力球とは、時空魔法を使うための下準備のようなものと言える。

そして現在ヘルベルトが同時に使うことのできる時空魔法は二つまで（ただし一度亜空間を作ったあとは維持するだけでいいディメンジョンは除く）。

故に恐らく、ヘルベルトが時空魔法の三重起動ができるようになるまでは、魔力球の数は増えないだろう。

それならば、今できることでなんとかする方法を編み出すしかない。

そこでヘルベルトが次に試してみることにしたのは、以前一番最初に魔力塊を生み出した時の応用だ。

当時、ヘルベルトは魔力塊を色々な形で固定させて試していった。

そしてその結果、最も魔力が一箇所に留まる形が球形であることが判明したのだ。

だがあの時のことを思い出してみれば、若干効率は悪くとも他の形で魔力の固定化をすること自体は問題なくできていた。

そのためヘルベルトは、魔力塊二つで全方位をカバーすることを一旦の目標に設定しながら、色々な形を試してみることにする。

三角や四角などの色々な形の魔力塊を作ってみる。

当然ながら霧散してしまうまでの速度は球形と比べれば早いが、とりあえず色んな形を試してみる。

三角柱にするより三角錐《さんかくすい》にした方が魔力の固定化が長時間続き、その傾向は他の立体を作る時も同様だった。

大きさを大きくすればその分体積もでかくなるが、比例して魔力消費量も多くなる。

魔力消費量が少なく済むよう薄く、探知範囲を広げるために横に長く。

それを追及していった結果、形状は横に広がった楕円形《だえんけい》に落ち着いた。

ヘルベルトは身体の前方を守る楕円と、後方を守る楕円。

二つの楕円に囲まれるような形に、魔力塊を展開させる。

なるべく長く維持させるためには、当然ながら魔力球自体をスリムにしなければならない。探知してから反応するまでに必要最低限で済むよう試行錯誤を重ねた結果、形状はヘルベルトが腕を伸ばせば届くあたりに展開した、アーチ状の楕円に落ち着いた。

最適な形状を見つければ、その後は再びズーグとの修行の時間だ。

ズーグは先ほどまでの試行錯誤の時とは違い、全力で角材を投げてくる。

ヘルベルトは魔力塊による空間感知能力を研ぎ澄ますため、被弾する恐怖に蓋をして目を閉じた。

（三時……六時九時十二時一時！）

己の身体を時計の中心部に見立て、攻撃のやってくる方向を時計の文字盤に置き換えて即座に対応していく。

「ふんふんふんふんっ！」

どこか楽しそうに角材を投げるズーグ。そのまったくといっていいほど遠慮のない攻撃を、なんとかして捌いていく。

三百六十度、あらゆる角度から襲いかかる角材に対応する。

一度弾《はじ》けば終わりではない。

自分が弾いた角材が別の角材に当たることで、また新たな流れが生まれてしまう。

紐同士が絡み合い、本来予想しているより手前に飛ぶ角材を、後ろに跳ねるような形で避ける。

なるべく簡略化させることで脳の処理量を減らすが、それでも情報量が多い。

――何度も後頭部や脇腹に角材を食らっていく中で、ヘルベルトは視覚情報に頼ることの無意味さを知った。

視覚は色々な部分を補ってくれる。

たとえば飛来する角材を見ればそれがどんな軌道で襲いかかり、その後にどの辺りでロープに引っ張られて戻ってくるのか、目測による推測ができてしまう。

そしてわかった気になったところで、別の角材とロープによる軌道変更が起こりミスが生じてしまうのだ。

故に今回ヘルベルトは、どれだけ攻撃を食らっても構わないので空間感知の力だけで攻撃を避けると決めていた。

「へぶっ、あぐっ、うぐっ!?」

当然ながら、失敗も多い。失敗の方が多いと言った方がいいかもしれない。

けれどその間に、空間感知に関する経験値は一つまた一つと溜《た》まっていく。

空間の感知には、情報量の差が明確に存在していた。

どのような質感や重さをしていて、どれくらいの速度でやってくるのか。

それらは込めた魔力の差や魔力塊の厚みなどによって変わってくる。

どれが一番効率がいいのか。あるいは効率を無視した場合、一番空間感知能力を高められるのはどのパターンなのか。

(んん？　これは……)

そして繰り返していく中で、ヘルベルトは新たな気付きを得た。

魔力塊に大量に魔力を込めた場合、その周辺にもわずかながら空間感知の力が働いていることがわかったのだ。

それは大量の魔力を空間に固定化させた際に完全に固定化させることができずに外に漏れ出してしまった、魔力塊の残滓《ざんし》とでも呼ぶべきものだった。

この把握能力はとてもあやふやで、おぼろげにしか状況が摑めない。

けれど驚くほどに使用する魔力量が少なく、また広範囲に広がっていた。

（魔力塊ではなく、この漏れ出した魔力の方が使える……か……？）

現状ヘルベルトは、アーチ状に横に伸びた楕円を前後に貼り付ける形で空間感知を行っている。

けれどこれでは、近付いてきた角材の情報を得ることしかできない。

避けることはできるがあくまでそれだけであり、たとえばその角材に紐付いているロープがどのあたりで固定されていて、あとどれくらいの長さで伸びきるのかといった情報はわからないのだ。

だがこの漏れ出した魔力——ヘルベルトはこれを、滲出《しんしゅつ》魔力として定義することにした——の場合、少し話が変わってくる。

この滲出魔力による探知は、とにかく範囲が広い。

魔力塊の範囲外に、魔力が消えぬ限り延々と伸びていく。

手の届かないほどの距離にまで、探知の網を広げることができるのだ。

それが全方位に広がるため、当然ながら向こう側にある投げられていない角材から吊しているロープに至るまで、あらゆる情報を探知することができた。

ただし当然ながらデメリットもある。

それはこの滲出魔力による探知の精度が低いことだ。

この滲出魔力による探知をすることは、魔物や人の気配を探る時に似ている。

注意深く探ってようやく、そこに何かがいることがわかるのである。

何も考えずにパッと侵入してくる存在を探知できる魔力塊とは雲泥の差だ。

滲出魔力を使おうとするのなら、ヘルベルトは探知をするために意識を割かなくてはいけない。

けれどこの広範囲索敵が有用なのは間違いない。

ヘルベルトは魔力塊による回避訓練が一段落ついてから、滲出魔力について調べてみることにした。

まず最初に気になったのは、この魔力を出すために必要となる魔力量だ。

これは魔力塊の大きさによって大きく変動する。

そのためヘルベルトは今までとは逆に、より小さな魔力塊を作るやり方を試さなければならなくなった。

けれどこれは、案外すんなりとできた。

広げるイメージの反対として収縮するイメージを浮かべるだけで良かったからだ。

そして次に、作った小さな魔力塊に本来入る許容量を超えた大量の魔力を注ぎ込む。

するとその魔力塊の周囲をぐるりと囲むような形で滲出魔力が発生した。

けれどそれだと、滲出魔力の発生する場所を上手くコントロールすることができない。

この問題をクリアするヒントになったのは、魔力塊二つから飛び出す滲出魔力同士の干渉だった。

滲出魔力には互いに引き寄せ合う性質があるらしく、二つの魔力塊から滲出魔力を生み出すことで、魔力塊の位置取りによってある程度指向性を持たせることができることも判明したのだ。

また、二つの滲出魔力を同程度にすれば互いに干渉し合い、ある程度同じ場所に留まらせることができることもわかった。

色々試した結果ヘルベルトが辿り着いた答えは、小さな魔力塊を頭の横のあたりに左右に配置する形だった。

こうすれば二つの滲出魔力が干渉し合うことで滞空するため、半径五メートルほどの範囲をほぼ全域に渡ってカバーすることができる。

「これであとは……とにかく数をこなすだけだな」

自身の身体を見下ろせば、いくつも青あざができていた。

リターンには時間制限があり、また魔力消費量も馬鹿にならない。

全てに手当てをするだけの余裕がなかったのだ。

(だがこれは……俺が頑張ってきた証《あかし》だ)

マーロンがいるのだから、治してもらうことは簡単だ。

けれど彼に治療を頼むのは、もう本当に無理だとなった時の、最後の最後だけにしよう。

これは己を痛めつけ、必死になって頭を使いながら、鍛え上げてきた証だ。

たとえ後になって残る傷跡になったとしても、なんら恥ずべきところはない。

身体中にこさえた青たんを己の努力の証明とする——自分の発想の泥臭さに、思わず笑みがこぼれる。

「――よし、来いッ！」

そしてヘルベルトは、更なる高みを目指し続けるのだった――。


「ふぁぁ……ねむ」

そう言って彼――グラハムは寝床から起き上がる。

布団をめくれば、そこには一糸纏わぬ全裸がいた。

彼は寝る時は、一切の衣類を纏わない。

その癖のせいで夜襲の際に危うくやられかけたこともあったが、彼はそれでも己の信条を曲げぬ変わり者だった。

「飯食うか」

立ち上がり、机の上にある肉をもぐもぐと頬張る。

何の面白みもない、安物の魔物の干し肉だ。

塩味が強く食べ過ぎれば早死にしそうだが、手っ取り早く食事を済ませることができるので重宝する一品である。

グラハムは食事にあまり興味がない。

更に言えば地位や金、女といった道楽にもまったくといっていいほどに頓着していない男だった。

帝国相手に八面六臂《はちめんろっぴ》の活躍をした彼は、別に戦うことが好きなわけでもない。

「……」

グラハム・フォン・シュテーツ。

『重界卿』の異名を持つ彼は、誇張なく救国の英雄だ。彼が戦線を支えきれなければ終わっていたという戦いはいくつもあったし、一騎打ちで倒した将軍の首の数は五つを超える。

その英雄の視線の先には――自分と女性、そして子供の三人の描かれた肖像画があった。

絵画の中では細身の女性が優しく笑っており、彼女の腰を抱き寄せる男が鼻の下を伸ばし、前にいる子供は思いきり胸を張ってふんぞり返っている。

躍動的で、今にも動き出しそうな精巧な絵を見て、グラハムは笑った。

「――ハッ」

普段の彼が見せない、どこか陰のある笑みだ。

当然ながら、彼にも好きなものはあるし、譲れないものもある。

ただそれが……既に己の手では、届かないところに行ってしまったというだけで。

グラハムは傭兵《ようへい》をやっている両親の下で育った。

戦場へと向かう中で見つけた、藪《やぶ》の中に捨てられた赤子。

そんな血のつながりのない彼のことを、両親はしっかりと愛を持って育ててくれた。

戦いのイロハや戦場で必要なドライな物の考え方。命を扱う仕事をしているからこそ身内には大量に注ぐ愛。

両親が受け継いでほしいと思ったものも、見てほしくないと思っていたものも、その全てを吸収しながらグラハムは成長していった。

捨て子である彼が生きていくことができたのは、幸運に恵まれたからだ。

けれど彼の人生は決して、順風満帆ではなかった。

共に戦場を駆けるようになった、未だ十に満たない年齢の頃、グラハムの両親はバードという二人の右腕をしていた男と、彼が唆《そその》かした団員達によって殺された。

給料の不払いや不正な蓄財がその理由だという。

傭兵団の会計を担っていたのはその男だったことをグラハムが知るのは、もっと後になってからのことだった。

流石に子供には罪はないと、グラハムは一人放逐されることになった。

彼は一度両親に捨てられ、愛ある家族に拾われた。

そして家族も同然と思っていた傭兵団に両親を殺され、再び天涯孤独の身となった。

もう何も信じられないとこの世に絶望した彼は崖から飛び降りた。

たった二人だけ誰よりも信じられる、両親の下へ向かおうとしたのだ。

けれど着地する間際、生への執着が絶望を凌駕《りようが》した。

(死にたくねぇ死にたくねぇ死にたくねぇ！　俺は父ちゃんと母ちゃんの分も生きなくちゃいけ

ねぇ！　こんなところで――死んでたまるかよっ！）

この世を儚《はかな》んだ少年が崖から飛び降りて自死をした。

普通ならそこで話は終わりだ。

けれどグラハムの物語はここで終わらない。

いやむしろここからが、彼の人生のスタートラインだ。

パリンパリンパリンッ！

何かが割れる音がした。

身体から何かが抜けていくような感覚があった。

彼は無我夢中で必死になりながら、落下速度と衝撃に抗《あらが》った。

そして……誰も助からないと言われている断崖絶壁から飛び降りて、傷一つなく降りることに成功したのだった。

「なんだよ、これ……」

これがグラハムの界面魔法との出会い。

花開いた幸運とそれを奪おうとする不幸に見舞われることを、当時の彼はまだ知らなかった……。

「なるほど……この魔法は簡単に言えば、空間を繋げたり壊したりできる魔法ってことか」

グラハムは間違いなく己の武器となる、己の系統外魔法についての理解を深めていくことになる。

界面魔法とはものすごく簡単に言えば空間を操ることのできる魔法だ。

空間を接合したり、固定化させて足場にしたり……応用性が高く、できることは一言で説明することが難しいほど多岐に渡っている。

たとえば彼の右腕が攻撃を放つ空間をA、彼の敵の胸元の空間をBとする。

この場合グラハムが魔法を使いAとBの空間を接合することで、攻撃は相手の胸元に吸い込まれていくことになる。

これとは逆に空間をまったく別の空間Cへと飛ばすことで、相手の攻撃を見当違いの方向へ飛ばしてしまうこともできる。

ただしこの魔法の少し面倒なところは、空間と空間を正確に繫げるわけではないというところだ。

たとえば前の例でいけば、大体の位置を指定することができても、実際に攻撃が放たれるのはBの手前であったり奥だったり、厳密に細かい指定ができるわけではないのだ。

なので魔法によって繫がる場所は、グラハムの勘による部分がかなり多く、彼がさじ加減を間違えただけでまったく見当違いの場所と繫がってしまう。

デメリットはそれだけではない。

空間を大量に、グラハムの魔法の許容量を超える数を繫げてしまうと、繫がりが途切れたり意味のわからないところと繫がってしまったりすることもある。

以前一度どこかわからない場所と空間が繫がり、見たことも聞いたこともない新種の魔物が飛び出してきたこともあった。

その時の魔物はあまりにも強く、なんとか倒せたもののグラハムはその後一ヶ月もの間、まともに動けなくなるほどに死にかけてしまった。

流石の彼もそれ以後、自分に無理な量の空間は繋がないようにしている。

三つ目、空間を繋ぐことにはいくつかの制約が存在している。

たとえば最初に二つの空間を繋ぐ面を作ったとする。

そうした場合、この二つの入り口を、新たな空間であるEに繋げることはできない。

同じ場所を再度別の場所と繋げるためには、今ある空間の繋がりを一度壊さなければならない。

彼は空間を割り、空間を繋げる。

繋がる場所が面であり、一つ一つに境が生まれることから、彼はこれを界面魔法と名付けた。

死ぬ直前に開花したこの力はどこまでも強力だった。

少なくとも王国の騎士程度では、相手にもならないほどには。

グラハムは空間の中で己の攻撃を加速させることができる。

故に彼は衝撃波が発生するほどに加速させた拳を、空間を繋げて距離を無視して相手へ放つことができる。

防御不可避の神速の一撃。

界面魔法を究めていく中で、グラハムは王国内で頭角を現していくこととなる——。

彼は両親と同じ傭兵の道は選ばなかった。

傭兵というのは、使い捨てにされることがほとんどだ。

上手く立ち回りでもしない限り、基本的にはカモにされてしまう。

捨て駒にされることや契約金の不払いなども日常茶飯事であり、食っていくためにはしっかりとした交渉能力が必要だ。

そんな面倒なことやってられるかと、グラハムは冒険者の道を選んだ。

冒険者というのは、金さえもらえばどんな依頼も受ける何でも屋だ。

依頼をしっかりと絞れば、ソロでやっていくこともさほど難しくない。

「一人が一番気楽だぜ」

グラハムは一度、家族も同然と思っていた傭兵団に両親を殺されている。

誰かとつるんで裏切られるくらいなら、一人でいた方がいい。

ソロ冒険者は、彼にとっての天職だった。

瞬く間にランクを駆け上がったグラハムは、王国内で十本の指に入る冒険者であるAランクへと手をかけた。

下級貴族と同等の権威を持つといわれるAランク冒険者に至ったグラハムが最初にしたことは……復讐《ふくしゅう》だった。

「ま、待ってくれ、あの時は俺が悪――」

「命乞いなんか聞くわけねぇだろ」

「あがっ……」

両親を殺したバードを仇討ちで殺した。

バードがした不正の証拠を揃《そろ》えておいたというのに、殺した後も色々と面倒な段取りをつける必要はあったが、目的は無事に達成された。

そして両親の復讐を果たしたグラハムが感じたのは、虚《むな》しさだった。

「……こんなもんか」

両親を殺されたことはたしかに憎かった。

けれど人間、憎しみを長期間維持することは非常に難しい。

グラハムは界面魔法を手に入れ、冒険者として生きていく中で成長していた。

彼にとっては両親の死は既に一つの思い出になってしまっていたのだ。

やらなければいけないことではあった。

けれど実際にやり遂げても、達成感は得られない。

仇は討った。

冒険者としての名声は手に入れた。

金もそう簡単に使い切れない程度にはある。

次に何をしようか……そんな風に考えても、結局答えは出なかった。

彼は冒険者としての自堕落で少しだけ退屈な日々を過ごしていくことになる。

その時には既に、グラハムは二十五歳になっていた。

そしてその歳の夏、彼は運命の出会いをすることになる。

「俺に……護衛の指名依頼？」

「ああ、シュトラッセ伯爵家のローズお嬢様がお前に護衛を頼みたいらしい」

Aランク冒険者として活動しているグラハムだが、彼が指名依頼を受けることはほとんどない。

そもそも指名依頼とは、所定のランクさえあれば受けられる通常の依頼と違い、その人個人に発注される依頼のことを指す。

強さだけはあるが基本的に人の言うことを聞かず、依頼主と問題を起こすことも珍しくないグラハムには、指名依頼などほとんど来たことがない。

彼は強力な魔物を倒し、その報酬と素材の売却価格で金を稼ぐ。その素材を売ってギルドも儲《もう》ける。

グラハムもギルドも、その方が双方のためにいいという結論になっていたはずだ。

「一体どういう風の吹き回しだ？」

「ローズ様がお前の武勇伝に興味を示したらしい」

「……けっ、そういうことかよ」

蝶よ花よと育てられてきたお嬢様というのは、基本的に箱入り娘で外の世界を知らない。

自分達とはかけ離れた世界で暮らすグラハムに、護衛ついでに話を聞かせてもらいたいということなのだろう。

見世物になるのはまっぴらごめんだ。

今回もいつもと同様、一も二もなく断ろうとしたグラハムだったが、ギルドマスターのドノバンに止められる。

「お前もそろそろ、貴族と関わりを持っておいた方がいい。これは良い機会なんじゃないか？」

「冗談だろ？　女のお守りなんざ性に合わん」

「まあ待て、そう結論を急ぐな」

ギルドマスターが言うことには、ここ最近隣国である帝国の動きがどうにもきな臭いという。

もしもの時、王国と帝国が戦争になった時のことを考えて、お前も貴族とのパイプを作っておけ、というのが彼の主張だった。

「冒険者の扱いなんてのは、どこも似たようなもんだ。戦場における重要度も低いし、いざという時は使い捨ての駒にされる。お前は強いし魔法もあるから扱いは大分マシだろうが、それでも貴族と仲良くしておいて損はないぞ。戦場を預かる貴族によっては、強いからって理由で殿《しんがり》に立たせることも多い。死にたくなければ、一度経験くらいはしておけ」

有事の際、Cランク以上の冒険者は強制依頼という形で強引に徴兵をされる。

だが一口に徴兵といっても、持ち場によってその危険度は大きく違う。

そういった人員配置を行うのは、当然ながら全体を統括する上級貴族の人間だ。

そもそも広大な土地を治める上級貴族に対して、礼を失した扱いはできない。

グラハムは自分が下手に話せば間違いなく問題を起こすことを理解しているので、面倒な貴族とのやり取りは全て断っていた。

（けどドノバンが言うってことはマジで戦争が始まるのか……ツいてねぇぜ）

やる気はないし話を聞いても欠片ほども湧いてもこなかったが、もし戦争が本格的に起こるのならたしかに貴族との関係を築いておかなければまずい。

普段は一切を拒否しているグラハムにここまで食い下がってくるということは、まず間違いなくギルドはなんらかの情報を摑んでいるはずだ。

何かが起こる可能性が高いとなれば、流石のグラハムも何もしないわけにはいかない。

喉から飛び出してこようという断りの文句を何度も飲み込み、なんとか、

「わかった……やりゃあいいんだろうやりゃあ」

と言うのが今のグラハムにできる精一杯だった。

今夜はやけ酒だ。したくもない依頼で稼ぐ金なのだから、一日でぱあっと使ってしまうのがいいかもしれない。

グラハムは依頼を受注してもらう半金をギルマスからひったくり、半ば自棄《やけ》になりながら繁華街へと繰り出すのだった――。

グラハムは依頼先の伯爵家の屋敷へ向かう。

いくら依頼に乗り気ではないとはいえ、彼とてAランクの冒険者。

プロとしてやる以上、手を抜くつもりは微塵《みじん》もない。

二日酔いをしっかりと抜いて護衛の用意を整えてから、万全の状態で待ち合わせ場所である伯爵の邸宅へと向かっていく。

「あら、ごきげんよう」

「ご……ごきげんよう?」

そこで待っていたのは、いかにも籠の中の鳥といった感じの令嬢だった。

金髪はさらさらと風に流れ、その碧眼《へきがん》はこぼれ落ちてしまいそうなほどに大きい。

体つきは華奢《きやしや》で、腕は少し力を入れただけで折れてしまいそうなほど細かった。

彼女がローズ・フォン・シュトラッセ。

伯爵が溺愛していると噂《うわさ》の、シュトラッセ家の次女である。

見た目は整っているが、そもそもグラハムは貴族というのを毛嫌いしているため、ストライクゾーンにも入らない。

なので彼は特に気も遣わずに、

「ちゃんと飯とか食べてるのでございますか?」

などと特に意識もせずに聞いていた。

ローズはそのあんまりな敬語を聞いて目を見開いたあと、肩をプルプルと震わせる。

そしてこらえきれない笑みを浮かべながら、

「は、はい……な、何不自由なく三食摂《と》っていますよ……」

とだけ呟《つぶや》き、俯いてしまうのだった。

これがグラハムとローズの出会いであった。

グラハムとローズが仲良くなるまでに、それほど時間はかからなかった。

裏切りや下剋上《げこくじょう》も当たり前な血生臭い世界で生きてきたグラハムと、虫の一匹すら自分では殺すことのできない箱入りのお嬢様であるローズ。

まったく違う世界で生きてきた二人は、意外にも馬が合った。

グラハムは良く言えば豪放磊落《らいらく》で、悪く言えば信じられないほどに無神経で大雑把だ。

そしてローズは少し天然なところがあり、細かいことは気にしない女性だった。

グラハムの態度を度量の大きさと感じた彼女は、ワイルドで男性的な魅力に溢《あふ》れた彼に引かれていく。

彼の口から出てくる話は、どれもこれも物語のように奇想天外で波瀾万丈《はらんばんじょう》だった。

「そんで俺はその時に言ってやったわけだ。『おととい来やがれクソ野郎!』ってな」

「まあっ！　それでそれで？」

ローズが聞き上手というのもあるが、グラハムは気付けば護衛の合間に自分の話ばかりをするようになっていた。

彼がこんなに自身の話をしたのは、初めてのことだった。

こんなに自分のことに興味を持ってくれる女性はいなかった。

今まで女と遊んでばかりいたグラハムは、これまでに感じたことのない気持ちを持て余しながら護衛を続けることになる。

グラハムの指名依頼の内容は、ローズ嬢を警護するというそれだけの内容だ。

最近きな臭くなっている情勢を考え、信頼できる戦力を可能な限り用意しておこうということらしい。

何人もいる強力な冒険者達の中で、素行不良が目立つグラハムに白羽の矢が立った理由は簡単だ。

それは彼が、系統外魔法の使い手だったからである。

空間を自在に操り、繋げ、壊してみせる界面魔法。

迎撃だけではなくいざという時の逃走や避難にも使えるこの能力を、シュトラッセ家の人間はかなり高く評価していた。

そもそもリンドナー王国に、系統外魔法の使い手はグラハムを含めて三人しか居ない。

その中で唯一フリーでどの派閥にも属していないグラハムに粉をかけるのは、当然と言えば当然のことだった。

ちなみに当のグラハムはというと……。

「ふあぁ～」

護衛対象のローズの前で、大きなあくびをしていた。

この依頼は、とにかく暇なのだ。

なにしろ衛兵や騎士が常駐しており万全の警備体制を維持している屋敷の中での危険など、ほとんどない。

外出する時にも必ず護衛の騎士が同行するため、グラハムのやることはほとんどない。

「こんな任務ばっか受けてたら、腕がなまっちまうぜ」

「そんなつれないことを言わないでくださいな」

肩を回しバキバキと鳴らすグラハムに、ローズが笑いかける。

グラハムは警戒は怠らずに、ちらと横に視線を向ける。

太陽をまばゆく跳ね返す金糸と、恐ろしいほどに整った顔《かんばせ》。

本当にこの世の者なのか怪しく思えるほどの美しさだ。実はローズは天使ではないか。

そんなありえないことを、大真面目に考えてしまう。

つまるところ、グラハムがこんな面白みのない依頼を続けていたのは、護衛対象であるローズに惚《ほ》れてしまっていたからだ。

普段であれば絶対に知り合うことのない、粗野で野性的で暴力の気配を漂わせるグラハム。深窓の令嬢であるローズも、彼に引かれるようになっていった。

二人が相思相愛になるまでに、時間はかからなかった。

けれど二人の間には、身分差が立ちはだかっていた。

いくらAランクの冒険者が下級貴族並みに幅を利かせることができるといっても、グラハムは所詮は傭兵の両親に育てられた平民だ。

それが伯爵家の令嬢と付き合うためには、周囲を納得させるだけの何かが必要だった。

だが幸いなことに、その何かを得る機会はすぐに訪れる。

それは異常発生した魔物の大群の襲来と、それとタイミングを同じくして現れた帝国軍の撃退だ。

界面魔法を使いこなすグラハムは、そこで八面六臂の活躍をした。

系統外魔法の使い手として勇名を馳せたグラハムは、帝国戦役が一段落したところで正式な叙爵がなされ、ローズとの結婚を許されることになった。

グラハムは叙爵を受け子爵となり、アンドール家を名乗ることとなる。

シュトラッセ伯爵家の寄子となった彼は、ローズを娶《めと》り、盛大に結婚式を挙げた。

彼の婚姻がスムーズに進んでいったのには、実は裏の事情がある。

それはローズが既に……お腹にグラハムの子を宿していたのだ。

他人の目など気にしないグラハムらしいといえばらしいが、彼は結婚まで破天荒にせずにはいられないらしかった。

「それでも、私の愛した人ですから」

数年という時を共に過ごしたローズは、出会った頃よりもずっと綺麗になっていた。

少女の面影を残していたローズは、大人の女性に成長している。

その成長っぷりは外見だけではなく、あれほど奔放だったグラハムが夜更け前に家に帰ってくるようになるほど。

驚くべきことに、帝国を戦《おのの》かせている『重界卿』は、家庭では尻に敷かれることが多かった。

グラハムは何年経っても、ローズに惚れたままだった。

恋が愛に変わっていき、時間がより深く二人のことを結びつけていく。

（まさか俺が、パパになるとはな……）

パパは子を宿すママには勝てない。

どれだけ戦闘能力が高くても、それが家庭内の地位とは繋がらないのだ。

いつもより気が立っているローズの面倒を見ながら、彼女が言うわがままに何度も応えていく。

面倒なと思う自分もいたが、心のどこかでは嫌ではないと思っている自分もいた。

それから間もなくして元気な第一子が生まれる。

長男として生を享《う》けた彼は、ローズが名付けたアントニオという名を授かった。

以前冒険者をしていた頃と比べれば落ち着きはしたものの、わりと好き放題やっていたグラハムがそれでも爵位を取り上げられることがなかったのは、『重界卿』の二つ名で敵味方から恐れられるようになるだけの実績を出してみせたからに他ならない。

帝国は定期的に侵攻を繰り返しており、本格的ではなくとも年に一度小競り合い程度は起こるような関係だ。

その度にグラハムは活躍をすることになり、彼の名声は日に日に高まっていった。

正真正銘王国の英雄となった彼は、アントニオとローズに見送られながら今日もまた戦地へ向かうことになる。

「これ以上あなたが頑張る必要なんて……」

「まあ、俺がやるのが一番被害が少なくて済むからな」

「……わかりました。でもこれだけは、忘れないで――」

「――ああ、わかった。なんだって、俺は――」

この時グラハムは既に齢《よわい》三十半ばだったが、彼はまだまだ現役だった。

魔力量や魔力操作といった魔法使いとしての能力が下降線に入るのが三十前後であるにもかかわらず、彼の総合力は未だ上昇し続けていたのだ。

界面魔法の冴えは留まるところを知らず、彼の攻撃力と防御力は未だに成長を続けている。界面魔法を究めた彼は、どんな強力な攻撃であっても空間接合により避けることができたし、そのまま攻撃を相手に叩き込むことすらできるようになっていた。

また空間の一部を固定化させることで絶対の盾を生み出したり、誰にも入れぬ倉庫と空間を繋げることで物資を蓄えたりと、その応用性は増すばかりであった。

結果として彼を擁するシュトラッセ家の権勢はますます強くなっていく。

そしてそれが悲劇を生んだ。

グラハムが戦地から帰ってきたその日、既にローズとアントニオは事切れていた。

原因はこれ以上のシュトラッセ伯爵家の勢力の伸張を嫌った貴族の犯行だった。

もう誰も失いたくない。

そう願っていたグラハムはまたしても、最愛の人を失ったのだ――。

（昔のことを思い出しちまってたか。感傷に浸るなんて……柄でもねぇ）

グラハムは肖像画に布をかけ、部屋の椅子に座る。

テーブルに身を乗り出し、拳を軽く振る。

パリンと音が鳴り、別の空間がその顔を覗かせる。

グラハムは繋げた空間から酒瓶を取り出し、封をしているコルクを歯で噛《か》んでひっこ抜いた。

グラスにあけぬまま、直飲みでワインを飲んでいく。

酒精が頭に回り、思考がぼやける。胸の中にある疼痛《とうつう》は、アルコールに流れて薄まっていった。

「俺ぁ……一人でいいのさ」

グラハムはこの世界の残酷さというものを、嫌というほどに見てきた。

彼は自分がこの世界で最強の一角だと疑っていない。

だがそれだけの力があってなお、本当に大切だった妻と息子を守ることさえできなかったのだ。

グラハムは空いている左手を上げ、閉じた手を開く。

自分の手のひらからは、何もかもこぼれ落ちていってしまう。

「一人が……いいのさ」

それは恐れや不安ではなく、諦めだった。

グラハムは強さでどうにもならないものが嫌いだ。

弱肉強食の戦いの世界で生きてきたからこそ、彼は搦《から》め手や工作、暗闘といったものが大の苦手だった。そして……そのせいで大切な人を失った。

だからもう、これ以上は何も要らない。

最強のこの身一つであれば、誰に奪われることもない。

孤独であれば、自分は常に奪う側の人間でいることができる。

もっとも、奪い奪われる下らない世界にはもう飽き飽きだ。

帝国から王国を守らなければローズがやられる。そう思って頑張っていれば、味方だと思っていた内側から攻撃をされたのだ。こんなの、誰がされたって馬鹿馬鹿しく思うだろう。

誰からも奪うことなく、誰からも奪われることもなく。

酒毒に侵されゆるりと死んでいくのが、自分にとって、一番の——。

「……わかりました。でもこれだけは、忘れないで——」

頭に過るのは、いつかの別れ際のローズの姿だった。

はて、彼女は一体何を言おうとしていたのだったか……。

思い浮かべようとしたが、頭に靄《もや》がかかって記憶が浮かんでこなかった。

「……」

うつらうつらとしながらテーブルに突っ伏す。

楽しくもないが何かを失うこともない。こんな日々が続くのだろうと、そう思っていたのだが

……。

「グラハム。お前は間違っている！」

「俺様の、何が間違っているって？」

「負けて無様に逃げて逃げて逃げ続ける……その生き様、全てが間違っていると言っている！」

「――っ！　おめぇに俺の……何がわかる！」

グラハムの拳と、ヘルベルトの剣がぶつかる。

吹っ飛ぶのは当然、ヘルベルトの方だ。

けれど顔色が悪いのは、グラハムの方だった。

時空魔法の使い手と界面魔法使いの英雄はぶつかり合う。

互いの信念と、気持ちと、己の正しさを示すため――。

ヘルベルト達が骨人族の集落にやってきてから、早いもので二週間近くの時間が経過していた。

帰りのことを考えると、そろそろここを出なければいけない頃だ。

だがヘルベルトは正直なところ、まったくと言っていいほど満足していなかった。

グラハムにはまだまだ教わりたいことが沢山あったのだ。

空間把握能力に磨きがかかったとはいえ、ここにやってきてからしたことといえば基礎練習とグラハムとの実践のみ。

彼が持っている様々なノウハウや、空間を扱う系統外魔法の使い手同士だからこそ話し合える色々なこと。今後のことを考えれば、知らなければいけないことは両手で数え切れないほどある。

それだけではない。このままではそう遠くないうちに、グラハムは帝国の追っ手に殺されてしまうことになる。

そもそもの話ヘルベルトが修行に来たのは、グラハムが死ぬ未来を変えるため。

王国にいる貴重な戦力であり、未来のヘルベルトを除いて彼に魔法のアドバイスができる唯一人の人物を、むざむざと死なせてしまうつもりはない。

『グラハムは頑固オヤジだ。王国がその所在を突き止め必死になって説得をした時も、梃子でも動こうとはしなかった。だからグラハムを動かすためには、それ相応の何かがいる』

ヘルベルトは貸し与えられた部屋の中で、一人手紙を眺めていた。

未来の自分が己に託してくれた手紙。

時空魔法で送られてきた、見慣れた筆跡で記された予言書。

『だからこれがあれば、グラハムを動かすことはできるだろう』

今の自分の行動の指針となっているこの手紙には、グラハムを動かすために必要なことも、そこには記されていた。

そこにあったのはグラハムの生い立ちだ。どのような生まれで、どう育ち、なぜこんな辺鄙《へんぴ》なところで隠棲《いんせい》を決め込んでいるのか。

彼にとってのキーが一体どこにあるのかといった情報だ。

王国に絶望し、諦めの境地に達してしまったグラハムを動かそうとするのなら、ショック療法が必要だ。

その主張には納得できる。

たしかにこの手紙に書かれていることを実行すれば、良くも悪くもグラハムの心を揺さぶることはできるだろう。

そこで虚を衝《つ》いて一撃を入れれば、たしかに試合でグラハムに勝つことはできるかもしれない。

たとえば勝負をする前に取り決めをしておいて、勝利者特権で無理矢理彼を連れてくる……可能か不可能かで言えば、可能なはずだ。

（だが果たしてそれでいいのだろうか？）

手紙には情報があるばかりで、その使い方までは指定されていない。

マーロンの時をなぞるのなら、未来の情報アドバンテージを持つ自分が相手を揺さぶり、奇襲で勝ってしまうのが一番手っ取り早いだろう。

だが今回の場合、それが正解であるようには思えなかった。

ここにやってきたヘルベルトは、手紙に記されたことが全てではないということを、今までにも増して感じるようになっていた。

未来の自分は、全てを見通せる完璧超人ではない。

彼の情報には、穴があった。

ヘルベルトは未来の自分が見落としているあるものに気付いていたのだ。

そしてそれはきっと、グラハムが今後失うことになってしまうものであり。

彼が帝国の追っ手に殺されてしまった理由の一つでもあるのではないかと、ヘルベルトは推測していた。

であればなおのこと、ヘルベルトは考えなければならない。

一体どうするのが、皆にとって幸せであるのかを。

ヘルベルトは一昼夜悩み抜いて、答えを出す。

そしてグラハムを、早朝に練習場へと呼び出すのだった――。

「何だヘルベルト、俺は忙しいんだが……」

やってきたグラハムは、赤ら顔だった。

少し距離を取っているにもかかわらず、ヘルベルトの方にまで酒の匂いが漂ってくる。

寝酒をしていたのだろう。もしかすると夜通し飲んでいたのかもしれない。

「そろそろ自分達は、王国に戻ります」

「おーおーそうか、それじゃあな。もう一生会うこともねぇだろうけど、達者で暮らせよ」

グラハムの姿は、隠者そのものだった。

だらしない格好にぼうぼうに伸びた髭。

未来からの情報がなければ、彼を『重界卿』だとは誰も思わないだろう。

興味なさげにひらひらと手を振る様子からもわかるが、ヘルベルト達と別れることをなんとも思っていないのだろう。

ヘルベルトからすれば少なくとも濃密な時間を過ごしたつもりだったのだが、グラハムにとってはそうではないらしい。

だがヘルベルトには、ここで別れるつもりなど毛頭ない。

「グラハムさん――いや、『重界卿』グラハム。俺と共に来てほしい」

「あぁ？　やなこった。ガキのお守りはもうこりごりなんだよ」

嫌そうな顔をしながら、べーっと舌を出すグラハム。

彼は基本的に、いつもふざけている。

鍛錬は怠けない程度に必要最低限、暇さえあれば酒を飲み、ぐうたらと寝て過ごしてばかりいる。

本人がその生活に満足しているのなら、ヘルベルトは危険が身に迫っていることだけを告げ、出て行ってもいいと思っていた。時折こちらに来て教えを請うのもありかもしれない……という風に。

けれど、グラハムの濁った目や、やけ酒をしている様子からもわかる。

――彼はきっと、心の底から全てを諦めきれたわけではない。

であれば、そんなグラハムを叩き起こしてやらなければいけない。

幸いにもそのための材料は揃っている。

「グラハム。お前は間違っている！」

「俺様の、何が間違っているって？」

「負けて無様に逃げて逃げて逃げ続ける……その生き様、全てが間違っていると言っている！」

「――っ！　おめぇに俺の……何がわかる！」

沸点を超えるのは一瞬だった。

グラハムが拳を握り、空間と空間を繋げる。

拳と剣が激突するが、勝つのは拳だ。

振り下ろした剣は薄皮一枚割くこともなく、ヘルベルトは後方へ吹っ飛んだ。

リターンを使って身体の傷を元の状態へ戻していく。

やはり実力差は圧倒的で、一つ壁を乗り越えたくらいではまだまだ追いつける気がしない。

「わからないさ！　俺には何もわからない！」

だがそれでも、ヘルベルトは剣を構える。

そして彼は前へと進んでいった。

意識を研ぎ澄ませ集中するため彼は敢《あ》えて――目をつぶった。

「あなたにはそれだけの強さがある！　誰も寄せ付けない、圧倒的なまでの強さが！　だというのになぜあなたは――そこで立ち尽くしたまま一歩も動かない！」

二つの滲出魔力を互いに干渉させることで、己の周囲に固定させる。

全方位からの攻撃に備えるための用意を整えてから、弾丸のように飛び出していく。

集中を終え、目を開ける。

そこにはわずかに狼狽《ろうばい》した様子のグラハムの姿があった。

剣と拳がぶつかり合う。

そして今度は、ヘルベルトとグラハム両方が反動で後ろに飛び、そのまま両者が押し出される形になった。

「――っ!?」

「俺だって……ただ見ていたわけじゃない」

グラハムが行っていた、空間を生み出しそこを経由させることによる攻撃の加速。

模擬戦を続けたことにより、ヘルベルトはその技術を盗み出すことに成功していた。

といっても、彼流のアレンジを加えた形でだ。

ヘルベルトは滲出魔力それぞれを干渉させる過程で、二つの滲出魔力が重なり合う空間が存在することに目をつけた。

通常より魔力の密度が高くなるその空間に己の身体を入れ込むことにより、彼は二つのアクセラレートを重ねがけして用いることができるようになった。

それこそが彼が新たに習得した魔法——部分加速、アクセラレート・フラクション。

滲出魔力が重なり合うスペースはそれほど広くはないため、全体を高速化させることは難しいが、腕か足のどちらかをそこに入れてやることならば問題なくできる。

滲出魔力では魔法の効率が落ちるため魔力の消費は大きいが、これによってヘルベルトは新たに攻撃のみを三倍の三倍……つまり九倍の速度で放つことができるようになった。

動揺したグラハムは、ヘルベルトの接近を許してしまう。

そして剣の間合いに入れれば、今のヘルベルトを止めることは至難の業だ。

「あなたの境遇は聞いている！　親を殺されたこと、団員に裏切られたこと、妻と息子を殺されたこと……たしかにそのどれもが、心が壊れるほど辛かっただろう！」

「知ったような口……利いてんじゃねぇっ!!」

怒りに任せ、グラハムはいつもとは違い手加減抜きの界面魔法を発動させる。

彼が究めた界面魔法は、空間そのものを支配する。

パリンパリンッ！

ヘルベルトとグラハムの間の空間が割れ、気付けば二人の間の距離は数メートル。

とんでもないことだが、グラハムは二人の間にある空間そのものを壊し、無理矢理新たな空間と繋げ空間のトンネルを生み出した。

結果として新たな空間が二人の間に生まれたことで、物理的な距離が開いたのである。そして距離が空いたところで、グラハムはヘルベルトの全身に距離を無視して放つことができる拳による攻撃を放つ。

いくつもの空間をすり抜けて加速したグラハムの拳は、視認することすら困難な高速の連撃。

その猛攻を前に……ヘルベルトは目を閉じた。

そして……。

「はああああああっっ!!」

その攻撃を、新たに習得した部分加速によって迎撃していく。

グラハムが繋いだ空間、壊した空間、ヘルベルトが干渉した空間と生み出した亜空間。

新たな空間が生まれては壊れ、繋がれていた。

界面魔法が使われガラスが割れたような音が鳴り、その音を剣と魔力を纏った拳がぶつかり合う硬質な音が上書きしていく。

互いの魔法が干渉し合っているためか、ヘルベルトの滲出魔力がグラハムが繋げた空間と空間の繋がる面に触れると、音を立てて割れていく。

そして同様に、ヘルベルトの滲出魔力はグラハムの界面魔法に触れると消え去ってしまう。

フォンと音を鳴らしヘルベルトの時空魔法が発動され、更に加速した剣閃の音がそれを掻き消した。

それらをめまぐるしいスピードで二人の剣と拳が通り抜けていく。

拳が上から来たかと思えば、続いて後方からやってくる。

それらを捌きながら、前屈みになり次撃に備える。

ヘルベルトの予想通り、それらの攻撃の全てがフェイント、本命は足への一撃だ。

必死になって避けるが、避けきれずに足の骨が折れる。

ヘルベルトは即座にリターンで足を治すが、その隙をグラハムが見逃すはずもなく渾身《こんしん》の右ストレートを放つ。

まるで馬車が人をひき殺したような大きな音が鳴り、ヘルベルトは鼻から血を噴き出しながらボールのようにバウンドしていった。

ヘルベルトは視覚に頼らずに、ただ己の滲出魔力とそこからの感知のみを頼りに全ての攻撃を捌いていく。

本来とは想定外の場所から降りかかる攻撃にも、全方位への警戒も、全て練習場での修行によって身に付けた技術だ。

「あなたの才能は——ここで腐らせて、埋もれさせていていいものじゃない！」

「うっせぇ、俺の力をどう使うかなんて、勝手だろうが！」

「戦うこともせず、過去から逃げ続ける……それでいいのか、グラハムッ！」

ヘルベルトの全身に傷と打撲痕が増えていく。

冷静さを取り戻しているグラハムは、ヘルベルトの加速攻撃にも対処ができるようになっていた。

簡単な話だ。

自分は距離を無視して攻撃ができるのだから、距離さえ取ってしまえばいい。そうなればヘルベルトは近付いて攻撃しに来ざるを得ない。

近付くという無駄な動作が加わることによって生まれる隙。そこをちょんと突いてやるだけで、グラハムは一方的に攻撃を加えることができるようになっていた。

けれどヘルベルトはどれだけグラハムの一撃を受けても、傷を癒やし、あるいは放置し立ち向かってくる。

（しっかし……なんつぅ化け物だよ。俺はただきっかけを与えたに過ぎないってのに）

その様子を見て冷や汗を掻くのは、むしろグラハムの方だった。

先ほどの激情は、既に戦いの中で冷徹さに取って代わられていた。

グラハムはただ、自分もやっていた空間感知の練習方法を教えたに過ぎない。

それを見たヘルベルトは見事にそれをものにし、それどころかグラハムの見よう見まねで空間を利用した攻撃の加速すらやってみせた。

末恐ろしいガキだ……そう思うのと同時、心のどこかでこう思う自分もいた。

――ヘルベルトはもしかすると、他の誰にもできなかったグラハムの技術や力を教える、後継者になれるのではないか……と。

（ひょっとしたらこいつになら……俺が身に付けたもの全てを、教えることができるかもしれねぇ。いやそれどころか……俺の界面魔法では理論上不可能だったアレすら、もしかすると……って、いかんいかん）

グラハムは首を振りながら、自分の考えを否定する。

才能のある人材を見るとつい食指が動くのは傭兵出身の彼の性《しょう》だったが、流石の彼もそこまで節操なしではない。

それに……。

（ヘルベルトみてぇないかにも貴族の権威を笠《かさ》に着たような言動をするやつが大嫌いなんだよ、俺は）

ヘルベルトを見てグラハムの脳裏に蘇《よみがえ》るのは、自分の妻と子供を殺した憎らしい貴族の男の姿だった。

戦の勲功で叙勲され爵位をもらったグラハムのことを、成り上がり者と馬鹿にしてくる男だった。

ただ彼に対しては、以前のように復讐をすることはできなかった。

戦争から帰ってきた頃には、既に処刑が終わった後だったからだ。

後に残されたのは、最愛の妻と子の遺骸のみ。

何もすることができぬまま、ローズとアントニオを失ったあの寂寥感《せきりようかん》が蘇る。

自分は一体なんのために戦っていたのか。

帝国に国土を蹂躙《じゆうりん》され、大切な人達が傷つかぬよう、必死になって戦っていただけだというのに
……こんなのはあんまりではないか。

「俺は……違う。俺は……逃げない」

聞こえてきた声に意識を戻せば、ヘルベルトはふらつきながらも立ち上がっていた。

致命的な攻撃以外は回復していないからか、全身は傷だらけだ。

ボロ雑巾のようになっており、身体は小刻みに震えている。

どう見ても戦える状態には見えないが、その目は未だに死んでいなかった。

「なぜなら逃げずに切り開いた未来は――逃げ続けた先にある未来よりも明るいからだ。それに何より、たとえ結果がどうなったとしても……行動した自分が納得できる」

妙に実感のこもった言葉だった。

まるでヘルベルト自身が逃げ続けた後悔と、逃げなかった苦しさを味わったような口ぶりだ。

自分は逃げていたのだろうか。

何かを得てもすぐに手のひらからこぼれ落ちてしまうことに疲れ、俗世との関わりを断った。

関わらなければ、そもそも最初から関わりを持とうとしなければ、失うこともないからだ。

たしかに考えてみれば、それはグラハムにしてはずいぶんと消極的な考え方だった。

自分でも気付かないうちに、彼は過去と向き合うことを恐れていたのだ。

「……だから俺にも、戦えって？」

「違う――立ち止まっていてもいい。だから今は、走り続ける俺の背中を見つめていればいい」

「なんだよ、それは」

傲慢にして不遜……ヘルベルトの態度は、たしかに貴族そのものだ。

けれど彼は口調こそ尊大だが、その行動は彼の知っているどんな貴族とも違っていた。

みっともなかろうが、敵《かな》わないとわかっていようが、泥臭く足掻《あが》く。

歯を食いしばって耐え、何かを得るために走り続ける。

できなかったとしても構わない。

だから後ろを向くな、前を向け。

彼は自分でそれを有言実行してみせながら、選択はこちらに委ねている。

俺はやっているぞ、お前はどうするのだ……と。

ヘルベルトは覚束《おぼつか》ない足取りで駆けてくる。

力が抜けたグラハムは、それをただ見つめていることしかできなかった。

ヘルベルトはグラハムの髪を掴む。

そしてグッと頭を押し上げ、無理矢理視線を合わせた。

「――思い出せ、グラハム！　あなたの最愛の妻の言葉を！」

その力強い瞳に、グラハムの酒毒で曇った記憶が揺り動かされる。

走馬灯のように駆けていく記憶。

彼の脳裏に浮かび上がるのは、出立の場面だった。

行ってくる……そう端的に告げる自分に、ローズはなんと言っていたか。

「……わかりました。でもこれだけは、忘れないで――」

ローズの笑顔。自分が愛したただ一人の女の笑顔。

本当は別れるのが嫌なはずなのに、それでも嫌な素振り一つ見せなかった、世界で一番の女。

彼女はいつも、別れ際なんと言っていたか。

「いつまでも……アントニオの自慢のお父さんでいてくださいね」

「…………」

意識が戻った時、目の前にはヘルベルトの姿があった。

けれど今のグラハムには、彼のことなどまったく視界に入らない。

「アントニオ……」

グラハムはヘルベルトを押しのけ、一人井戸へと向かう。

そして水桶《みずおけ》に浮かぶ自分の顔を見て、力無く笑った。

「は、ははは……」

そこに映っているのは、くたびれ酒に溺れ、全てから逃げてきた哀れな男だった。

「こんな姿……アントニオには絶対見せられないな」

アントニオはいつも、グラハムのことを誉めてくれていた。

『父ちゃんカッコいい！』と目をキラキラとさせる彼の、どこか自分と似た笑顔を見れば、やる気なんかいくらでも湧いてきた。

グラハムはひとしきり笑ってから――持っていた水桶をひっくり返した。

頭からびしゃびしゃとかかる水。

閉じられていた目が開いた時、そこには――力強い光を宿した瞳があった。

自分でも単純だとは思うが、天国にいるローズとアントニオに、これ以上無様な姿を見せたくはなかった。

練習場に戻ると、ズーグがヘルベルトの応急処置をしていた。

(ズーグに戦い方を教えていたのは……俺が孤高になりきる前に孤独に耐えられなかった、俺の弱さ故なのかもしれないな)

大量の食料があるグラハムは、もっと人目につかないところで一生一人で生きていくこともできたはずだ。

けれど彼はこうして、少ないとは言え人も住んでいる骨人族の集落に暮らしている。

今思えば、ズーグの面倒を見てやっていたのには、アントニオと彼をどこか重ねている節もあったのかもしれない。

目が覚めた今だからこそ、グラハムは自分の弱さとしっかりと向き合える気がした。

「ヘルベルト」

「なんでしょうか？」

「王国に戻る。爵位は返上したし貴族になるつもりはないが……一兵卒としてやり直すことくらいできんだろ」

「もちろんです。今なら優秀な生徒もついてきますよ」

「――ハッ、悪くねぇな」

思い立ったら即行動、グラハムはすぐにでも集落を出ようと、歩き出し始めた。

それを止めたのは、後ろから声をかけてきたズーグだ。

「師匠……行っちゃうんですか？」

「……ああ。ダセぇことすんのは、もうヤメだ」

「そう、ですか……」

振り向くと、そこには項垂《うなだ》れた様子のズーグがいた。

見た目は完全に骨だが、彼は思っていることがそのまま動きに出るため非常にわかりやすい。

グラハムはふむ……と少し考えてから、そのままズーグの頭をガシガシと撫《な》でる。

そして顔を上げる弟子に、こう告げた。

「お前も来るか？」

「え……い、いいんですか？」

「ああ、構わんさ。お前は俺の弟子第一号だ。それに……ヘルベルト、お前ならなんとかできるだろ？」

「無茶言いますね……やれないことはないだろうと思いますが……」

「それならやれ、師匠命令だ」

「弟子使いの荒いことで」

こうしてグラハムはズーグと共に骨人族の集落を抜け、王国へと向かうことになった。

当然ながらズーグを匿《かくま》うためにはヘルベルトがマキシムに頼み込むしかない。

二つも新たな爆弾を抱えることになったため、ヘルベルトから自信満々の報告を受けたマキシムは、また息子がとんでもないことをしでかしたと頭を悩ませるのであった……。

「ヘルベルト様、ハーブティーでございます」

「……ふぅ、やはり落ち着くな……」

夏も盛りを過ぎ、以前と比べると暑さもずいぶんとマシになった。

薄着一枚でパタパタと扇子で扇《あお》ぐヘルベルトは、自室で茶を飲んで人心地ついていた。

彼の後ろには、帰りを待ちわびてくれていたケビンの姿がある。

ヘルベルトがグラハムとズーグを引き連れて屋敷へと帰ってきた時、一番動きが速かったのはケビンだった。

なんでも帰った際にすぐに申しつけができるよう、常に待機していたのだという。

ケビンは既に家宰の地位から退いているため、ヘルベルトがいないとほとんどすることがなかったと言っていたが……それならもう少し有効的な時間の使い方をするべきではと思わなくもない。

ただまあ、本人が楽しそうにしているのでこれでいいのだろう。

わざわざ野暮なことを言う趣味は、ヘルベルトにはない。

ヘルベルトはグラハムとズーグというどちらがバレてもとんでもない事件になるような二人を連れ帰って来たことで、とんでもなく叱られた。

その説教は実に三時間を超えるほどの長時間に及び、ヨハンナによる取りなしがなければまだまだ続いていたのは想像だに難くない。

今はなんとかマキシムの説教を乗り越え、一息ついたところだ。

今回は完全に自分が悪いため、文句を言うつもりはないが、それでも疲れるものは疲れる。

(なんにせよ、これで一件落着か……)

ここ数ヶ月の思い出が、走馬灯のように浮かんでは消えていく。

『覇究祭』で優勝するために、同じクラスの皆を引っ張っていった思い出。

リャンル達とはなかなか仲直りができなかったが、最後の最後で再び気持ちを通じ合わせることができた。

最終競技である『一騎打ち』の決勝戦でのマーロンとの激闘。

あちらも隠し球があったが、こちらも奥の手を残していた。

ギリギリ勝てたので、これで戦績は二勝零敗だ。

このまま無敗のままで終えていきたいところである。

学年優勝ができたことで、ネルに改めてプロポーズをした。

ネルとの関係は、完全に修復できたと言っていいだろう。

そして『覇究祭』で頑張ったことで、後回しにしてしまっていたローゼアにも自分の雄姿を見せることができた。

結果として、悪くない関係に戻ることができた。

今回の大樹海の旅ではティナとも剣術仲間として改めて仲良くなることができた。

グラハムという現状では最高の師匠（ただし魔法と戦闘に関してのみ、他は全て反面教師）に師事することもできるようになったし、ズーグという修行仲間も増えた。

夏休みが明けるまでにはまだ数日あるが、ヘルベルトがやろうとしていたことは概《おおむ》ね達成できたと言っていいだろう。

抱えるものがまた増えてしまったヘルベルトだが、彼は当然ながら何一つとして捨てるつもりはない。

学生の身分ではできることに限りはあるが、それでも自分にできる精一杯をこれからもやっていこうと思う。

「ケビン……」

「なんでしょう、ヘルベルト様」

「俺は……やりきった……ぞ……」

「それはようございましたね。今のヘルベルト様のお顔には、自信が漲《みなぎ》っておりますよ」

「そう、か……」

こくこくと舟を漕《こ》いでいたヘルベルトの頭が、かくんと落ちる。

どうやら色々と頑張りすぎたせいで、身体が限界を迎えたらしい。

「すぅー……すぅー……」

「……」

ケビンは何も言わず、ヘルベルトの身体にそっとタオルケットを掛ける。

眠りこけているヘルベルトを見るケビンの目は、とても優しかった。

こうしてヘルベルトの夏は終わる。

切り開いた未来を確かなものへと固めていくためには、彼は走り続ける。

今までの清算とやり直しはひとまず終わったが、最良の未来を描くためのヘルベルトの歩みは、まだまだ止まらない――。

何かを忘れている気がする……。

大樹海に向かう前に一度感じたその自分の感覚を、しっかりと信じるべきだった。

ヘルベルトがそう後悔したのは、夏休みが終わる間際のことであった。

パリスと同じ閑静な田舎町に移住させる形でズーグの問題を処理し、とりあえずグラハムのことも公爵家預かりの謎の食客とすることでごまかすこともできた。

このままいけば、なんとか問題なく二学期を迎えられる……そう一息ついていたタイミングで、報《しら》せが届いたのだ。

「ん、なんだこれは……？」

「ヘルベルト様、裏をご覧ください」

「……っ!?」

裏面に施されている封蠟《ふうろう》を見て、ヘルベルトは驚きのあまり言葉を失った。

そこにあったのは、双頭の鷲《わし》――リンドナー王国の王族しか使うことを許されぬ模様だ。

その模様が更に、みだりに使うことを許されていない紫色に着色されて貼り付けられている。

間違いなく手紙を出したのは王室付きの役人より上の身分の誰かである。

恐る恐る封蠟を取り、中に入っている手紙に目を通すヘルベルト。

手紙の差出人は、イザベラだった。

読み進めていけばいくほど、ヘルベルトの額からだらだらと冷や汗が流れていく。

つらつらとかなりの長文が書き連ねられていたが、その内容を要約すればこうだ。

『まさか私との約束を、忘れているわけではあるまいな……？』

そう、やることに忙殺されているうちに……ヘルベルトは夏休み前にしたイザベラと遊ぶ約束を、完全に忘れていたのだ。

急ぎカレンダーと予定を確認するヘルベルト。

残された夏休みはあと五日。

大丈夫だ、まだリカバリーは利く。

「ケビン、予定のキャンセルの用意をしておいてくれ」

「かしこまりました」

王族のイザベラとの約束は全てに優先される。

リャンルの友人達《たち》とのキャンプの誘いも、ネルとのデートも、場合によってはキャンセルしなければならないだろう。

ヘルベルトは早足で私室に戻り、搔《か》いた汗をケビンに拭ってもらいながら、急ぎイザベラへ向けた手紙をしたためるのだった――。

ヘルベルトが送った手紙を受け取ったイザベラからは、すぐに返事がきた。

『今からだと王城のスケジュールを空けるのが難しい。なのでよければ、明日にでもウンルー公爵邸に伺わせてもらおう』

非常に簡潔に記されていたその言葉に、ヘルベルトは慌てた。

明日はネルとのデートの約束だったからだ。

だが流石《さすが》に王女との予定よりも優先させるわけにはいかない。

その後ヘルベルトは、両親に事の次第を話すことにした。

王女が家にやってくるとなれば、ウンルー公爵家として何もしないわけにはいかない。

急ぎ情報共有をしたところ、家族一家で大慌てである。

「イザベラ王女殿下が明日来るだと!?　ヘルベルト、なぜそんな大切なことをもっと早くに言わないんだ！」

「すみません、急に決まったものですから……」

「まあまあマキシム、そんなに怒っても王女様が明後日《あさって》に来てくれるわけじゃないでしょう」

「それはそうだが……こういったところは、きちんとしておかないと後々にだな……」

「はいはい、愚痴なら後で聞きますから」

マキシムは言うだけ言って溜飲《りゅういん》が下がったのか、すぐに動き出した。

急ぎコック達を集め、王女がやってくる明日の料理に満足してもらうため、どこからか集めてきたらしいイザベラの好みなどについての情報共有を行い始める。

「それなら私は家具や庭のあたりを少しいじろうかしら」

ヨハンナは庭師に命じて庭木の剪定《せんてい》を行わせたり、使用人に命じて調度やインテリアを動かしだした。

「いつも通りのことをすれば問題ございません。相手がどれだけ賓客であろうと緊張することなく、普段通りを心がけてください」

ケビンはメイド達を集め、いつも通りの接客を行うよう気を引き締めさせる。

「絶対に蟻《あり》の一匹すら通すな！　もしも生き物が入ってきたらそいつは減給だ！」

ロデオは警戒を一層厳にするよう警備の巡回方法を変更し、衛兵達の顔色を青ざめさせる。

「すごい大事《おおごと》になってますよ、兄さん」

「ああ……学院で一緒に過ごしているからつい忘れそうになるが、イザベラって王女なんだよな……」

そしてイザベラを呼ぶことになった当のヘルベルトは、弟妹達と一緒に慌ただしく動き回る大人達を見つめていた。

ローゼアの方は緊張しているようだが、エリーとレオナの方はいまいちピンと来ていないのか、いつもと変わらずに楽しそうにしている。

「お姫様が来るの？」

「ああそうだよ」

ヘルベルトが笑いかけてやると、二人がビシッと揃《そろ》って手を上げた。

「それなら私達もお姫さまなの！」

「おにいさま、プリンが食べたい！」

「はいはい、うちの姫様方は天真爛漫《てんしんらんまん》だな……」

ヘルベルトはやれやれと立ち上がり明日食後のデザートに何を作るか頭を悩ませているパティシエに、今日の夕飯の後に一品追加してもらえるよう言伝《ことづて》をしに向かうことにした。

なんやかんやで、妹達には甘い兄なのであった……。


「本日はよろしく頼む」

そう言ってやってきたイザベラは、まるで社交の場に出てきたかのように豪華なドレスに身を包んでいた。

いわゆるテイパードドレスというやつで、ぴっちりと現在のイザベラの身体《からだ》に合うように仕立てられている。

ちなみにヘルベルトは大して身なりに気を遣わないので、普通にちょっといい程度の私服を着ている。

デート用の少し気合いを入れた服は、ネルと会うためにとってあるのである。

「時にヘルベルト、今日は予定があったのではないのか？」

「え、はぁ、まぁ……」

なんと言ったものか悩み言葉を濁していると、先ほどまで柔和な笑みを浮かべていたイザベラがカッと目を見開く。

「うつけもの！　ネルとの逢瀬《おうせ》の約束をしていたと聞いたぞ！　私は二人の蜜月を邪魔するほど無粋な人間ではない！　何よりそんなことを知ってしまっては、楽しめるものも楽しめなくなるだろうが！」

ものすごい剣幕で詰め寄られてしまい、ヘルベルトとしては謝ることしかできなかった。

頭を下げていた彼は謝罪に対する反応がないことに違和感を覚え、恐る恐る顔色を窺《うかが》ってみる。

するとイザベラは、にやりと人の悪そうな笑みを浮かべていた。

彼女が王女にしてはわりとやんちゃで、良く監視の目を盗んでは王都に社会見学に出かけているというのは有名な話だ。

そんなイザベラはペロッと舌を出しながら、乗ってきた馬車の幌《ほろ》をめくる。

「というわけでネルも連れてきたぞ」

「ど、どうも……」

「……」

中からぺこぺこと頭を下げるネルが出てきた。イザベラに言われたのか、しっかりとめかし込んだドレス姿である。

ヘルベルトは言葉を失った。

視線を下げて自分の服を見る。

ダサいとまでは言わないが、決して一張羅ではない。

「後で着替えてきます」

「うむうむ、それがいいだろう」

してやったりという表情のイザベラは、ヘルベルトから一本取って満足げな様子だった。

約束を忘れていた手前、ヘルベルトとしても強くは言えない。

「私との予定を、手紙を受け取るまで忘れていたのだろう？　これくらいの意趣返しはかわいいものと思ってもらいたい」

そう言ってふふんと鼻高々な様子のイザベラに、ヘルベルトは苦笑することしかできないのであった――。

その後はまずマキシムとヨハンナによる挨拶があったが、彼らはすぐにその場を去った。

下手に親がしゃしゃり出てもウザいだけだということを知っている、理解ある親というやつだ。

私もあんな両親がほしかった……と羨ましそうなイザベラに、そのまま弟妹の紹介をすることにした。

「初めまして、ローゼア・フォン・ウンルーです。よろしくお願い致します、イザベラ王女殿下」

「それほど硬くならなくて良いぞ。もう少しヘルベルトのように不真面目になっても構わんのだ」

「そ、それは……」

ガチガチになっていたローゼアは、なんと応えていいか微妙そうな顔をする。

たしかに以前のヘルベルトのせいで色々と大変な目に遭ってきたローゼアからすると、なんと言うべきか判断に困るだろう。

話題を変えようとヘルベルトが話しかけるよりも先に口を開いたのは、普段は引っ込み思案なローゼアだった。

「今の兄さんは、もう不真面目ではありません。王女殿下、訂正を」

「……うむ、これは失礼した。つい口が滑ってしまうのは私の悪い癖でな。不快にさせてすまん」

「い、いえ、そこまで謝る必要は……」

美しさすら感じるほどの見事な謝罪に、ローゼアの方がタジタジになってしまう。

けれどたしかに成長を感じさせるローゼアに少し頬が緩んでいると、今度はエリーとレオナが前に出る。

「エリーです！」

「レオナです！」

「二人合わせてエリー&レオナです！」

「そうかそうか、よろしく頼むぞ。エリー、レオナ」

なぜ二人合わせる必要があるのかがヘルベルトにはよく理解できなかったが、どうやらイザベラのお眼鏡には適《かな》ったようだ。

彼女は優しい顔をして、エリーとレオナの髪を優しく撫《な》でている。

お菓子が運ばれてきて茶会が始まってからも、イザベラは左右にエリー達を侍《はべ》らせていた。ちなみにヘルベルトの隣にはネルがいる。流石に机の下で手をつないだりはしなかったが、二人の距離は他の人達と比べるとかなり近かった。

ヘルベルト達の様子を見たイザベラが処置なしとばかりに首を振ってから、見せつけるかのようにエリー達のことを抱きしめる。

きゃーっとはしゃぐ二人を見て、イザベラは大きなため息を吐《つ》いた。

「私にもこんな妹達がほしかった……」

マキシムとヨハンナを見ても似たようなことを言っていたし、どうやらイザベラの家族仲はそこまでよろしくないらしい。

まあ王族関連というのは基本的にドロドロとしているものだ。

あまり仲が良すぎても逆に良くないのかもしれない。

「イザベラは第二王女でしたっけ？」

「ああ、そうだ、上に姉が一人と兄が二人、下に妹が一人と弟が二人いるな」

「七人ですか……子だくさんですね」

「王たるもの、子種をできる限り残さねばならぬからな」

「なんだか思ってたより、リアルな話ですね……」

あまりそういった話に慣れていない様子のネルが、ぎこちない笑みを浮かべる。

貴族や王族はどうしても家を絶やすわけにはいかぬ関係上、子供を多く産まなければならない。

そのために側室を囲う者も多いし、実際現王には十では利かぬ数の側室がいたはずである。ただそれが普通だし、側室を一人も持たずにヨハンナと愛し合い続けているマキシムの方が異端なのが貴族社会というやつなのである。

「まあ父上はちょっと度が過ぎているとは思うがな……」

だがたしかに実の娘からすると、色々と思うところがあるらしい。

マキシム達を羨ましそうにしていたのにも、きっと関係があるのだろう。

王女であるからこそ悩むことも多いのだろうな、とヘルベルトは思う。

少しだけ場がしんみりとした、その時だった。

「おいヘルベルト、ワインセラーから適当に何本か持ってくぞーっと」

既にベロベロに酔っ払ってできあがっている様子のグラハムがダイニングルームに入ってきた。

やはり長年の習慣というのはそう簡単に抜けるものではないらしく、グラハムの飲酒癖はなかなか直っていなかった。

ただああ見えても腕は確かだし、やるべきタイミングではやる男ではあるので、ヘルベルトも何も言わずにいるのだ。

「……なあヘルベルト、あれは誰だ？」

「うちの……食客です。あんなんでも、腕は確かなので」

「そ、そうか。食客はきちんと選んだ方がいいと、私は思うがな……」

事情を知っているネルとローゼアがその様子を見て苦笑し、ティナ達は酒臭い男の登場に鼻をつまむ。

「〜〜♪」

上機嫌で下手くそな鼻歌を歌うグラハムは、ワインを数本持って行くとそのまま部屋を出て行ってしまう。

ヘルベルトはイザベラがグラハムと面識がなかったことに内心でホッとしてから、時計を見る。

「そろそろ夕食の時間ですから、このまま歓談していましょうか」

ヘルベルトの提案に皆が頷《うなず》き、結局料理ができるまでの間皆で長話に興じるのであった。

その後の夕飯もつつがなく済み、イザベラは上機嫌で屋敷を後にすることになった。

「それでは、また新学期にな」

「それじゃあ、また」

「ええ、それでは」

ヘルベルトはイザベラとネルを見送ると、ふうっとため息を一つ。

すると彼の隣には、ケビンが立っていた。

「なんだかどっと疲れた……誰かのために気を張るというのは、思っていたより大変なんだな」

「慣れですよ、ヘルベルト様。何度もやるうちに力の抜き方もわかってきます」

「慣れるほど繰り返したいとは思わないな……」

疲れからか少し背が丸まったヘルベルトが屋敷に戻る。

新学期開始前の、夏休みの一幕であった――。

あとがき

初めましての方は初めましてて、そうでない方はお久しぶりです。

しんこせいと申す者でございます。

最近何ヶ月か立て続けにあとがきを書いてきたせいで、ネタが尽きてきた感があります。

ということで最近作者が思ったことを綴《つづ》ろうと思います。

作家としての歴が長くなってきたせいか、最近はお酒の席でも仕事のことを考えてしまいます。

つい先日、別会社の編集さんとお酒を飲んでいた時のことです。

どうしてあの作品はイマイチ結果が振るわなかったけれど、こっちの作品は良い感じに売れているんだろうといった話で盛り上がりました。

売れない理由というのは、後から考えてみるとなんとなく予想はつくんです。

ここの流れが良くなかったとか、表紙やキャラの見た目がこうで手に取ってもらいづらかったんじゃないかとか。

それとは逆で、売れる理由というものもあります。

これは僕の主観ですが、売れる理由というのは、売れない理由が一つもないからというパターンが多い気がしています。

けれどそれならと最初から売れるものを作ろうとすると、角のないまるーい作品ができてしまう……ここの壁に当たった時の考え方で、作家性が出ると思っています。

僕は不器用なので、その構造を受け入れて最大効率で丸いものを量産し続けるといういわゆるプロとしての取り組みができません。

僕にできるのはいつか結果的に丸い型を通り抜けられるものができるだろうと、菱形《ひしがた》や星形の作品を書き続けることだけなのです。

この作品はあなたにとって、どんな形に見えているでしょうか？

丸っぽいけどよく見ると変な形だとあなたが思ってくれたら、作者冥利に尽きます。

今作のコミカライズも鋭意準備中ですので、開始を楽しみにお待ちください。

最後に謝辞を。

編集のＳ様、校正の確認ありがとうございます。今度は新宿に飲みにいきましょう。焼肉が食べたいです！

イラストレーターのriritto様、今回も美麗なイラストをありがとうございます。痩せたヘルベルトはやっぱりかっこいいですね。

そして何より、今こうしてこの本を手に取ってくれているあなたに最大の感謝を。

あなたの心に何かを残すことができたのであれば、作者としてそれに勝る喜びはありません。それではまた、次巻でお会いしましょう。

次巻予告
未来からの手紙をもとに行動を開始し、
『覇究祭』や人々との絆を修復しながら
ひと夏を走り抜けたヘルベルト。
新たなる出会いが
引き起こすものとは――。
豚貴族は未来を切り開くようです3
～二十年後の自分からの手紙で完全に人生が詰むと
知ったので、必死にあがいてみようと思います～
COMING SOON...

コミカライズ
企画進行中
!!!!
豚貴族は未来を切り開くようです
漫画：大出リコ　原作：しんこせい　原作イラスト：riritto
コミカライズ最新情報はコミックガルドをCHECK!
https://comic-gardo.com/

豚貴族は未来を切り開くようです 2
～二十年後の自分からの手紙で完全に人生が詰むと知ったので、必死にあがいてみようと思います～

発行 2023年11月25日 初版第一刷発行

著者 しんこせい
イラスト riritto
発行者 永田勝治
発行所 株式会社オーバーラップ
〒141-0031
東京都品川区西五反田8-1-5
校正・DTP 株式会社鷗来堂
印刷・製本 大日本印刷株式会社

ISBN 978-4-8240-0662-2 C0093

【オーバーラップ　カスタマーサポート】
電話 03-6219-0850
受付時間 10時～18時（土日祝日をのぞく）

作品のご感想、ファンレターをお待ちしています

あて先：〒141-0031　東京都品川区西五反田8-1-5 五反田光和ビル4階　ライトノベル編集部
「しんこせい」先生係／「riritto」先生係